Tucholsky Wagner Zola Scott Sydow Freud Schlegel
Turgenev Fonatne
Wallace
Twain Walther von der Vogelweide Fouqué Friedrich II. von Preußen
Weber Freiligrath
Kant Ernst Frey
Fechner Fichte Weiße Rose von Fallersleben Richthofen Frommel
Hölderlin
Engels Fielding Eichendorff Tacitus Dumas
Fehrs Faber Flaubert
Eliasberg Ebner Eschenbach
Feuerbach Maximilian I. von Habsburg Fock Eliot Zweig
Ewald Vergil
Goethe Elisabeth von Österreich London
Mendelssohn Balzac Shakespeare Dostojewski Ganghofer
Lichtenberg Rathenau Doyle Gjellerup
Trackl Stevenson Hambruch
Mommsen Tolstoi Lenz Droste-Hülshoff
Thoma Hanrieder
Dach von Arnim Hägele Hauff Humboldt
Verne
Reuter Rousseau Hagen Hauptmann Gautier
Karrillon Garschin
Defoe Baudelaire
Damaschke Descartes Hebbel
Hegel Kussmaul Herder
Wolfram von Eschenbach Dickens Schopenhauer
Darwin Rilke George
Bronner Melville Grimm Jerome
Campe Horváth Aristoteles Bebel Proust
Bismarck Vigny Barlach Voltaire Federer Herodot
Gengenbach Heine
Storm Casanova Tersteegen Grillparzer Georgy
Lessing Gilm
Chamberlain Langbein Gryphius
Brentano Lafontaine
Strachwitz Claudius Schiller Kralik Iffland Sokrates
Bellamy Schilling
Katharina II. von Rußland Gerstäcker Raabe Gibbon Tschechow
Löns Hesse Hoffmann Gogol Wilde Vulpius
Luther Heym Hofmannsthal Gleim
Roth Klee Hölty Morgenstern Goedicke
Heyse Klopstock Kleist
Luxemburg Puschkin Homer Mörike
Machiavelli La Roche Horaz Musil
Navarra Aurel Musset Kierkegaard Kraft Kraus
Nestroy Marie de France Lamprecht Kind Kirchhoff Hugo Moltke
Laotse Ipsen Liebknecht
Nietzsche Nansen Ringelnatz
Marx Lassalle Gorki Klett Leibniz
von Ossietzky May vom Stein Lawrence Irving
Petalozzi
Platon Knigge
Sachs Pückler Michelangelo Kock Kafka
Poe Liebermann Korolenko
de Sade Praetorius Mistral Zetkin

Der Verlag tredition aus Hamburg veröffentlicht in der Reihe **TREDITION CLASSICS** Werke aus mehr als zwei Jahrtausenden. Diese waren zu einem Großteil vergriffen oder nur noch antiquarisch erhältlich.

Symbolfigur für **TREDITION CLASSICS** ist Johannes Gutenberg (1400 — 1468), der Erfinder des Buchdrucks mit Metalllettern und der Druckerpresse.

Mit der Buchreihe **TREDITION CLASSICS** verfolgt tredition das Ziel, tausende Klassiker der Weltliteratur verschiedener Sprachen wieder als gedruckte Bücher aufzulegen – und das weltweit!

Die Buchreihe dient zur Bewahrung der Literatur und Förderung der Kultur. Sie trägt so dazu bei, dass viele tausend Werke nicht in Vergessenheit geraten.

Jugend in Breslau

Karl von Holtei

Impressum

Autor: Karl von Holtei
Umschlagkonzept: toepferschumann, Berlin

Verlag: tredition GmbH, Hamburg
ISBN: 978-3-8472-3681-8
Printed in Germany

Eine Jugend in Schlesien

Ich bin um wenige Jahre älter, als unser neunzehntes Jahrhundert.

Meine Mutter starb, nachdem sie mich geboren; mein Vater, Husaren-Offizier, wußte nicht, was er mit einem schreienden Kinde beginnen sollte? So kam ich in das Haus des alten Freiherrn von Arnold, dem nur aus erster Ehe noch eine Tochter lebte, und dessen zweite Gattin die Schwester meiner Großmutter von väterlicher Seite, folglich meine Großtante war. Ich wurde als Pflegesohn auf- und angenommen, ohne förmlich gerichtlich adoptiert zu sein.

Die Persönlichkeiten dieses Hausstandes: Vater, Mutter und Tochter, hier einleitend zu schildern, wäre unnütze Arbeit. Ich habe mir vorgesetzt, zunächst von mir, von meinen Erinnerungen zu sprechen, und im Laufe meines Geschwätzes mögen sich dann auch jene Figuren geltend machen, wo sie wollen und können.

Das Leben der Familie zerfiel in zwei Hälften: der Winter in Breslau, der Sommer drei Meilen von Breslau entfernt auf den ländlichen Besitzungen.

Die königliche Gewalt wurde damals großartig durch zwei stolze Repräsentanten vertreten. Der sogenannte »Minister«, Graf Hoym, war eigentlich Vizekönig in Schlesien und in gewisser Beziehung allmächtig; Fürst Hohenlohe, Militärgouverneur, in seiner Art nicht minder angesehen. Um diese beiden drehte sich zwar Alles, aber in reichen Kreisen. Entweder der schlesische Adel ist zu jener Zeit wirklich wohlhabender gewesen, als heute, oder er hat sich besser darauf verstanden, so zu erscheinen. Auch viele reiche Polen vereinten sich der sogenannten guten Gesellschaft; österreichische Magnaten hingen noch aus früherer Epoche an Breslau;... kurz, es war eben anders, als heutzutage. Ob es besser gewesen, verstehe ich nicht zu beurteilen.

Mein Pflegevater mag wohl seine Stellung hauptsächlich, und mehr als seinen Verdiensten um den Staat, der Protektion des Ministers verdankt haben. Es bestand zwischen seinem und dem gräflichen Hause eine stete Verbindung, die von unserer Seite ganz den Anstrich dankbarer Huldigung gewann.

Von sehr vielen Soupers und Assembleen steht mir nicht viel mehr vor Augen, als der süße Nachtisch und ein alter Diener, Namens Schubert, der, obwohl sehr mürrischer Natur, mir doch bisweilen erlaubte, ihm im Bedientenzimmer meine Aufwartung zu machen und dort, während er in traulicher Dämmerung weilte, mit seinem bedeutenden Haarzopf zu spielen. Diesen alten, für gewöhnlich nicht allzusaubern Mann bei festlichen Gelegenheiten neben den jüngeren, eleganteren Dienern servieren zu sehen, setzte mich stets in kindisches Erstaunen; und ich weiß mich zu besinnen, wie ich einst, als er beim Abendtische mit einer süßen Speise rasch an mir vorüber eilte, ihn flehend am Zopf ergriff, ohne daß er nur auf einen Augenblick in seiner Pflicht wankend geworden wäre.

Eine Enkelin des Ministers, um ein halbes Dutzend Jahre älter als ich, was bei Kindern einen so großen Unterschied macht, war mir gewogen und scherzte oft mit mir. Ich sah sie einst im Amazonenkleide vom Rosse steigen und starrte diese Erscheinung mit offenem Munde an. Sie nahm mich (ich mochte kaum fünf Jahre haben) auf ihre Kniee und ließ mich tüchtig galoppieren. Später, wo sie als Prinzessin ***, eine junonische Schönheit, durch die Gassen fuhr, schien sie, wenn der arme Schriftsteller an ihr vorüber ging, jenes Rittes weniger zu denken als er.

Die Gemahlin unseres Vizekönigs war eine edle, aber wie ich vermute, sehr stolze, vielleicht hochmütige Frau. Vor dieser fürchtete ich mich unsäglich. Eines Abends wurde ich in das Zimmer gerufen, wo sie mit mehreren alternden Damen, – eine von diesen, eine Majorswitwe von Andrieux, war meine spezielle Gönnerin –, ihre Partie machte. Ich gehorchte dem Rufe nur widerstrebend und darf mir nachrühmen, daß meine mich am Arme dahin zerrende Pflegemutter all' ihre Kräfte anwenden mußte, um mich durch den langen verglasten Gang bis zum Spieltisch Ihrer Excellenz zu zwingen. Und ich, wissend, daß ein ganz frischer, jede erlaubte Grenze überschreitender Tintenfleck das linke Knie meiner Nankinghosen zierte; ich in einer karrikierten Übertreibung der fünften Tanzposition, in welcher ich mit dem rechten Beine die Schwärze des linken zu decken suchte! – Was sich gestern begeben, könnte nicht so lebendig in meinem Gedächtnis sein, als jener Abend. Ich hatte mit dem Sohne unseres Hauswirtes, *Panofka*, der jetzt ein berühmter Archäologe ist, damals aber ein eben so kleiner und, mit Respekt zu sagen, ungezogener Bengel war als ich, Figuren zu unserem chinesischen Schattenspiel geschwärzt, als der unerwartete Ruf an mich gelangte.

[...]

Meine Erziehung überhaupt wurde sowohl damals als späterhin, bei der besten Meinung und liebevollsten Gesinnung, doch aus Mangel an Einsicht so konfuse geleitet, daß man es nicht künstlicher hätte anlegen können, wäre der Wunsch vorhanden gewesen, mich aus dem Grunde und in den Grund zu verderben.

Der alte Geheimrat, – so viel ich denke, zu jener Zeit bereits außer jedem Staatsdienste – bekümmerte sich nur um seine ökonomisch-merkantilischen Pläne und nahm wenig Notiz von mir; außer, daß er lachte, wenn ich eine lustige Dummheit sagte, oder daß er, wenn ich Gelegenheit zur Klage gab, fürchterlich fluchte. Seine Virtuosität im Fluchen war ungeheuer. »Himmel-Tausend-Schock-Donnerwetter-Schwerenots-Sackerment!« war ein gewöhnliches Bindewort der Konversation bei Tafel. Der Diener Schubert lächelte nur dazu, und mir kam es vor, wie wenn einer gesagt hätte: rücken Sie mir gefälligst das Salzfaß her. Es fällt mir wirklich erst jetzt auf, indem ich diese Zeilen niederschreibe, daß ich, von meinen Freunden oft verhöhnt, von Damen oft gescholten wegen meiner bisweilen unziemlichen Derbheit im Gespräch, diese Entschuldigung, die vor der Welt freilich keine ist, nicht wenigstens vor mir selbst geltend gemacht habe. Sollte derjenige, der als Kind täglich alle Fluchregister vor sich aufziehen und durchorgeln hörte, nicht unbewußter Nachahmer, wenn schon mit Gottes Hilfe im verkleinernden Maßstabe geworden sein?

Was der Pflegevater etwa durch Fluchen sündigen mochte, das suchte die Pflegemutter durch Beten ins Gleiche zu bringen. Es wäre nicht zu verwundern, wenn die gewaltsamen Einladungen, an diesen unerschöpflichen Gebeten teil zu nehmen, in mir eine Nachwirkung begründet hätten, die sich jetzt negativ kund thut, gleichwie jene des Fluchens positiv; wie ja auch Papageien, Stare und Elstern Schimpfwörter lieber memorieren, als schöne Redensarten. Gebetet wurde an Sonn- und Wochentagen, an Vor- und Nachmittagen, beim Aufstehen und beim Schlafengehen, vor dem Essen ... immer! Zog etwa gar ein Gewitter herauf, so mußte die Sache kniend abgemacht werden und mit so zaghafter Furcht vor den Donnerschlägen, daß ich schon in meiner Kindereinfalt fragte: aber liebe Mutter, wenn Du meinst, daß Dir das Beten hilft, warum fürchtest Du Dich dabei? Und wenn Du meinst, daß es nicht hilft, warum betest Du denn?

Mir ist aus jener frühen Zeit eine hündische Furcht vor Sturm und Gewitter zurückgeblieben, die sich erst verloren hat, als ich, etwa im Alter von achtzehn Jahren, in ein furchtbares Unwetter und in die Nacht hinein eine halbe Meile weit lief, weil ich einem Wagen zu begegnen hoffte, der in sich führte, was mächtiger war, als die Furcht.

Das sogenannte »Beten aus dem Herzen« ging noch an, war mir noch erträglich, obgleich es mich in der Logik nicht weit förderte; es war kurz, denn der Vorrat frommer Floskeln hielt gewöhnlich nicht lange vor. Eine schlimmere Wendung jedoch nahmen die Gebet- stunden, wenn *Sturm's* Betrachtungen gelesen wurden, *Bogatzky's* Schatzkästlein anrückte und das Kammermädchen als Dessert die Bibelspruch-Lotterie in einem großen Karton servierte. Wie oft kämpfte ich dann mit dem Schlafe; wie oft stellte ich mich krank, um von dem Geplärr befreit zu werden.

Die Franzosen in Breslau

Mittlerweile waren in der Welt große Dinge vorgegangen. Preußen war gegen Frankreich ins Feld gerückt; unsere militärischen Verwandten und Freunde jubelten und prophezeiten Siege, so lange, bis die Nachricht von einer verlorenen Schlacht ihren Prophezeiungen ein rasches Ende machte. Ich blieb sehr ruhig dabei und begriff nicht, warum viele meiner nur wenig ältern Mitschüler darüber klagten und trauerten. In meinem kleinen Herzen hatte die Idee eines Vaterlandes noch nicht Wurzel gefaßt; meine Umgebungen waren überhaupt nicht geeignet, Gedanken oder tiefere Gefühle in mir zu wecken. Desto überraschender wirkte es auf mich, als bald nachher diejenigen meiner Genossen, deren Eltern außerhalb Breslau wohnten, samt ihren Habseligkeiten abgeholt wurden. Es schien sich alles aufzulösen, was mir bisher wie eine notwendige Bedingung unserer Anstalt vorgekommen war; die Worte: »Feind, Franzosen, Belagerung« schlugen an mein Ohr, ohne daß ich ihnen einen rechten Sinn zu geben wußte; die Unterrichtsstunden waren unterbrochen; Besuche kamen und gingen, jeder brachte andere Neuigkeiten; alle waren besorgt; und mitten in diese Unruhen trat ein Bote von den Meinigen, der auch mich mit Sack und Pack aus der Pension heimzubringen den Auftrag hatte. Wer war froher als ich! O Gott, ich segnete die Feinde.

Doch zu Hause, bei uns, gewann die Sache schon ein anderes Ansehen und wurde mir bedenklich. Die Frauenzimmer rangen die Hände, und ich hörte nicht mehr dunkel von Franzosen und Belagerung, sondern sehr deutlich von Kanonenkugeln, Raketen, Sturm, Feuer und Plünderung und noch kitzlicheren Dingen reden. Das gefiel mir, weibisch-furchtsam, wie ich erzogen war, freilich nicht; aber doch reizten diese aufregenden Gespräche meine knabenhafte Neugier. Auch das allgemeine Durcheinander, das Hin- und Herlaufen, das Einpacken unterhielt mich. Alle hatten alle Hände voll zu thun, deshalb blieb keinem Zeit übrig, mich zu schelten, und so kampierte ich viel im Pferdestalle. Kinder und Kutscher sind gewöhnlich gute Leute zusammen.

In jenen unruhigen Tagen wurde meiner Pflegemutter, eben als ich bei ihr stand und Wäsche zurichte, der Tod ihres Bruders, des

Chefpräsidenten gemeldet. Sie nahm die Meldung in völliger Gleichgültigkeit hin und fuhr fort in ihrer Beschäftigung. Damals dachten die Menschen nur an ihr eigenes Leben, ihren eigenen Tod.

Ich kann nicht angeben, wie lange die Tage der Erwartung dauerten; nur so viel weiß ich, daß ich eines Morgens, an einem Fenster unseres Hinterhauses stehend, glühende Kugeln, die feurige Schweife hinter sich zu schleppen schienen, in schönen Bogen fliegen sah. Der Anblick war wunderhübsch, doch regte sich in mir die Ahnung, als wenn die Sache nicht recht geheuer wäre. Ich stand allein auf dem Flur, mir ward bange, ich suchte Menschen, und als ich sie fand, fand ich Wahnsinnige, Narren; sie rannten durcheinander, sie weinten, sie schrien Zeter, meine alte Mama betete und heulte abwechselnd, einige alte Weiber mit ihr, – ich auch! Alles flehte um Hilfe; nur die hilfloseste von allen, Tante Lorette, blieb ruhig und gab vernünftige Worte in den Tumult der Unvernunft. Ich war doch schon klug genug, mich an sie zu halten und in der Unterhaltung mit ihr mehr Beruhigung zu finden, als in den abgeschmackten Bet- und Bußübungen der übrigen.

Weil es nun aber anfing, über der Erde sehr bedenklich zu werden, so suchten viele gute Breslauer Zuflucht unter der Erde. Man fing an, sich in die Keller zu verkriechen. Die etwa bewohnbaren waren bald voll, und in Ermangelung solcher suchte man Gewölbe, massive Decken, feste Grundmauern. Wir bezogen eine kleine Wohnung dieser Art im sogenannten Hatzfeldischen Palaste, dem Sitze der Regierung, wo während der Belagerung der Kommandant oder Gouverneur der Stadt wohnte, denn unser Minister-Vizekönig hatte es für zweckmäßig erachtet, sich zu entfernen.

Jene Not- und Angstwohnung bestand aus einem kleinen Stübchen nebst Kämmerlein; es war die Wohnung des Kutschers von Sr. Excellenz, der sie uns für schweres Geld geräumt hatte, dicht dabei die Pferdeställe.

Nun denke man, in solchem engen Raume wohnten, lebten, schliefen die Mutter, Tante Lorette, Tante Julie, Onkel Riedel, die verwitwete »Direktorin« (Witwe des Mannes mit der Tintenflasche), zwei Dienstmädchen, drei Hunde und meine Wenigkeit. Die Fenster waren durch große Holzstöße und Pferdemist von außen bedeckt, kein Schimmer des Tageslichtes drang durch. Und nun summten und brummten die Kugeln und Bomben über uns; das war ein ewiges Krachen, Knallen, Platzen und Knackern. Ich hatte mich sehr bald an den Spektakel gewöhnt; die anderen, mein' ich, auch. Es wurde viel gegessen und getrunken, wo die genießbaren Vorräte in solcher Fülle herkamen, mag Gott wissen. Ich spielte mit bleiernen Soldaten, mit den Hunden, kroch in die Pferdeställe, wo tausend Kaninchen umherliefen, und amüsierte mich im ganzen recht gut. Manchmal hieß es: nun kommt ein Parlamentär, es ist Waffenstillstand! Dann hörte das Gekrache auf, ich ging in den Vorhof des Palais; da kam er angefahren, der Abgesandte, eine weiße Binde um die Augen, stieg aus und ging zum Gouverneur; ich trieb mich mit anderen Kindern auf der Gasse umher, bis er wieder herabkam, wieder einstieg, abfuhr, dann hieß es: marsch, ins Loch, und der große Condé, – denn nicht anders nannte sich unser Diener –, schleppte mich aus dem Tage in die Nacht. Da wähnten wir uns sicher, wie in Abraham's Schoß. Es wurde viel gescherzt und gelacht, besonders wenn zu nächtlicher Zeit der Höllenlärm den Schlaf störte; und ich war der Bajazzo der verehrten Gesellschaft. Einen Hauptspaß gewährte die immer wiederkehrende Frage: ob wohl »herein- oder hinausgeschossen würde?« Und man übte das Gehör zur Entscheidung. Manchmal aber konnte auch das feinste Ohr nichts mehr unterscheiden, denn die Kanonade wurde zu Zeiten von beiden Seiten so heftig, daß die Mauern und der Fußboden dröhnten. An einem solchen geräuschvollen Tage stürzten plötzlich unsere Nachbarn, die Kutscher, mit Eimern und Feuer schreiend aus den Ställen. Es brannte dicht neben uns. Eine Bombe war trotz Holz und Mist von der Straßenseite durch ein Fenster gedrungen, hatte die Mobilien angezündet und im Bersten das Gewölbe von innen beschädigt. Wir waren nur durch eine Mauer von diesem kleinen Schauplatz der Zerstörung getrennt, und ich, mutlos und zitternd vor der Gefahr, aber bis zum Unsinn keck und vorwitzig in derselben, hatte mich im allgemeinen Tumult in das Gedränge gemischt, wo mich ein kleines Mädchen meines Alters mit Bewunderung erfüllte, welches aus den Flammen ein kleines Vogelhäuschen und in diesem, von Schutt bedeckt und fast unkenntlich, aber doch lebend und zwitschernd, ihren kleinen Zeisig rettete. Das Feuer war bald gelöscht. Unsere Ruhe, unsere geträumte Sicherheit war dahin. »Also auch in feuerfesten Gewölben ist man nicht sicher«, hieß es, und: »in die Keller!« riefen alle Stimmen. Unter den Hauptfronten des Palastes befinden sich tiefe, undurchdringliche Keller; zu diesen wurden die Schlüssel herbeigeschafft, Betten und Gerät aller Art zusammengepackt, und die Prozession begann. Um aber in die Keller zu gelangen, mußte man einen, wenn auch kleinen Hofraum passieren. Condé nahm Tante Lorette auf den Arm, Onkel Riedel führte die alte Mama, sie kamen glücklich hinüber. Ihnen folgten die Dienstmädchen, Tante Julie begleitend; auch sie erreichten den Eingang zum Keller ohne Schaden, nur eine Paßkugel war sausend über sie hinweg geflogen. Blieben ich und die Frau »Direktorin«. Sie hatte nicht rechte Lust zu wagen, was doch endlich gewagt werden mußte.

Ich trug einen Mops auf dem Arme, – das andere Hundevolk war mit den ersten Menschen selbständig gegangen; – ich sehnte mich nach dem Keller und nahm einen Anlauf. Noch hatte ich nicht die Mitte des Hofes erreicht, als eine alte dicke Mutterbombe mir zur Rechten in den Holzstoß fuhr, der unser Fenster schützte. Schwere Kloben flogen um mich her wie Mücken. Ich blieb bei Besinnung, doch ich war wie gebannt; der Schreck hatte mich fest gezaubert; ich konnte weder vor- noch rückwärts. Hinter mir hört' ich Gott und seine himmlischen Heerscharen anrufen. Jenny, unser Mops, mautzte; ich gab ihm einen Kuß auf seinen schwarzen Mund. Puff! Und eine zweite Bombe fiel vor meinem Angesicht nieder und machte sich im Steinpflaster des Hofes ein Bett, wie eine Henne, die sich im Sande badet. Den Zunder sah ich lustig glimmen, die andere hört' ich im Holze rumpeln; meine Sinne verließen mich noch nicht, aber der Atem verging mir. Jetzt faßt mich eine Hand kräftig beim Rockschoß und zieht mich zurück in die Stallthüre, und drinnen im Stalle umhalst mich die zitternde Frau: »Um Gottes-Jesus willen, Karl, lebst Du noch?« »Ich und die Jenny«, war meine Antwort. Und Krach, Krach, wie man eins, zwei sagt, platzen beide Bomben und ein Stück gegen die dicke Stallthüre, daß es ein Loch giebt wie einen Pferdekopf. Eisen, Splitter und Späne schwirren im Stalle umher. »Nun«, sagt die gute Frau, »nun Herr, in Deine Hände!« und mit diesem Ausruf, mich an der Hand haltend, dem Keller zu, wo uns, den Totgeglaubten, schon hundert Arme entgegen kamen. Denn der ganze große Keller war bewohnt; wer sich nur hatte einschleichen können, war mit seinem Gebündel Betten eingerückt. Nun ging ein lustig Leben an: es war ein Bivouac unter der Erde. Jeder richtete sich seine Haushaltung ein; Bretter bildeten die Grenzen; Fässer und Tonnen waren Stühle und Tische, eine Laterne der Kronleuchter. Freund besuchte den Freund in seinem Verhau; neue Bekanntschaften wurden geschlossen; zum Thee, zum Kaffee lud dieser jenen ein. Wo alle Lebensmittel herkamen, weiß ich, wie schon oben erwähnt, nicht zu erklären, aber so lange ich lebe, habe ich nicht so viel Speise und Trank vertilgen sehen, als damals. Im tiefsten Hintergrunde entdeckten kühne Wanderer den Flaschenkeller des Ministers, der nur durch Lattenverschläge gedeckt war. »Wer weiß, ob wir morgen noch leben? Ob morgen die Stadt noch steht?« Zwei Nägel wichen, und die Flaschen gingen von Hand zu Hand.

Aber mitten in diese leichtsinnige Resignation drangen die Klagen der Vaterlandsfreunde, mischten sich ihre Hoffnungen. Mal zitterte man vor nahe bevorstehender Kapitulation, bald jubelte man voll kühner Freude über Entsatz und Befreiung. Breslaus Bürger waren treu, fest, mutig, scheuten kein Opfer. Die obersten Militärbehörden der Stadt wollte man nicht loben. Es war von Widerstand der Bürger gegen eine feige Übergabe der Festung die Rede; jüngere Männer verschworen sich und stiegen von Zeit zu Zeit hinauf in die Welt, von wannen sie dann die widersprechendsten Gerüchte mit zurückbrachten. Einige Frauen waren gut französisch gesinnt; einige ältere Männer glühend für Napoleon begeistert. Die politischen Zänkereien wurden mir bald lästig; ich machte Besuche in der Umgegend, wo ich gar bald überall Bekannte hatte. An einigen Orten hatten sich hübsche Frauen und Mädchen kellerlich etabliert, die mehrmals junge Freunde bei sich empfingen. In diesem Zustande der allgemeinen Aufregung genierte man sich überhaupt wenig; auf mich kleinen Jungen nahm man gar keine Rücksicht. Da sah ich denn beim schwachen Schimmer der Laterne mancherlei, was ich wohl besser nicht gesehen haben sollte. Wenn ich, in unserm Lager angelangt, davon erzählte, beschlossen die Meinen, mich nicht mehr in so gefährliche Gesellschaft gehen zu lassen, und das reizte meine Neugierde nur immer mehr. Doch da es noch nichts weiter war als kindische Neugierde, so schliefen ihre Regungen bald wieder ein, und ich kam so unerfahren und naiv aus dem Keller, als ich hineingekommen war.

Alles auf Erden muß ein Ende haben, demnach auch eine Belagerung. Böse Zungen wollen behaupten, die Breslauer Belagerung hätte länger dauern können, wenn man es in der Stadt so ernsthaft gemeint hätte als draußen. Davon begreift ein achtjähriger Knabe nichts; und weil man mir mein Handwerk als Entdeckungsreisender im Keller nachdrücklich gelegt hatte, so war es mir bald ganz recht, daß wir ihn verlassen durften. Die Kapitulation war geschlossen, die Feindseligkeiten beendet, das Geschieße hörte auf, und wir zogen wieder ein in unsere schöne, heitere Wohnung, die wir unbeschädigt fanden. Auch nicht ein Kügelchen hatte sich dort unnütz gemacht. Und nun ward im hohen Rate meiner Damen erklärt, daß alle Mühe und Beschwerde eigentlich unnütz, und daß, wenn man es im voraus so gewußt hätte, das Gescheidteste gewesen wäre, ruhig an Ort und Stelle zu bleiben. So albern ich selbst war, erschien mir doch damals schon dieses Raisonnement ziemlich albern.

Eine Nacht ohne Kanonendonner war eine sanfte Nacht. Doch an die Unruhe gewöhnt, erwachte ich früh, stand auf, wie der kalte Wintertag graute, und eilte in ein vorderes Zimmer, begierig, wieder einmal auf die Gasse zu schauen. Trotz der Januarkälte öffnete ich das Fenster und erblickte vor einem Bäckerladen neben uns, von Gaffern umstanden, einen französischen Chasseur zu Pferde. Was ich damals empfand, kann ich nicht schildern. Im Nu kam die Sehnsucht nach den uns befreundeten Offizieren über mich; ein unklares Gefühl des Überwundenseins, des fremden Druckes, tyrannischer Gewalt regte sich in mir; ich knirschte in ohnmächtiger Wut und rannte zu meinem Freunde, unserem Kutscher, um ihn zu fragen, ob man die verfluchten Hunde nicht hinausjagen könne? Der aber erwiderte: »Um Gotteswillen, Karlchen, verbrennen Sie sichs Maul nicht; Sie können uns alle unglücklich machen, wenn Sie solche Reden führen.«

Ich sah Jérome Napoleon seinen glänzenden Einzug halten. Ach, an demselben Tage mußte auch ich meinen Einzug halten in die Pension; der war nicht glänzend. Wie sehnte ich mich da nach unserem dumpfen Keller zurück!

Jetzt war ich wieder wie vom Leben abgeschnitten. In unser Kloster drang selten ein Laut der beweglichen Welt, wenigstens nicht, daß wir Kinder ihn vernehmen konnten. Auch weiß ich, während ich mich sonst auf so viele Kleinigkeiten in und außer mir besinnen kann, von den Begegnissen innerhalb der Anstalt wenig oder nichts.

Die Franzosen wurden bald meine Freunde. Wenn ich des Sonntags zur Mutter kam, war meine erste Frage: was haben wir jetzt für Einquartierung? denn diese wechselte unaufhörlich. War es ein Franzose, so beeilte ich mich gewiß, ihm meine Aufwartung zu machen, und wurde, indem ich den kleinen, in vergangener Schulwoche gemachten Vokabelschatz nicht sparte, jedesmal gut aufgenommen. Von den deutschen Bundesgenossen der Franzosen, nur die *Sachsen* machten eine sehr ehrenvolle Ausnahme, wollte niemand etwas wissen. Sogar diejenigen Dienstmädchen, welche verschmähten, in nähere Verbindung mit ihnen zu treten, haben sich über Brutalität von Seiten eines Franzosen niemals beschwert. Wohl aber wenn Bayern, Württemberger oder gar Hessen ins Quartier rückten; da zitterte das ganze Haus vor Angst und Schrecken. Die schmählichsten Greuel in jenem Kriege sind von Deutschen gegen Deutsche verübt worden. Deutsche waren es, welche Grüfte aufbrachen und den Leichnamen, deren Stiefel mit silbernen Sporen sie nicht anders erlangen konnten, die modernden Beine ausrissen; Deutsche, die mit Gewalt und durch Martern den armen Landleuten abzuzwingen suchten, was diese längst selbst nicht mehr hatten. Der Franzose war, wenn er nur freundlich empfangen wurde, mit allem zufrieden, richtete sich bescheiden ein und erwiderte jede gastliche Aufmerksamkeit mit verbindlichem Danke. Waren seine Wirtsleute arm und bemerkte er dies, so brachte *er*, – das habe ich in unserer Nachbarschaft selbst gesehen –, Nahrungsmittel nach Hause, und sie wurden des ungeladenen Gastes eingeladene Gäste. Seine deutschen Bundesgenossen quälten ihre deutschen Brüder bis aufs Blut; sie machten sich eine Ehre und Freude daraus, wenigstens in Schlesien, ihren Haß zu affichieren, und ich habe noch im Jahre 1830 im Gasthof zur Traube in Darmstadt einen großherzoglich-hessischen Hauptmann sich »beim Schöppche« laut und stolz der Heldenthaten rühmen hören, die er den preußischen Bauern, »den Schinösern«, angethan.

Diese Erinnerungen und jene andere, wie unsere Damen den gallischen Siegern sich in die Arme warfen, wie sie ihnen den Sieg in der Liebe ebenso leicht machten, als manche treulose Festungskommandanten ihnen die Einnahme mancher Festungen gemacht haben sollen ... beide verlöschen niemals in meinem Angedenken, obschon die zweite mir erst in reiferen Jahren klar wurde. Und nur deshalb gilt mir jene Zeit für eine schmachvolle. Siegen und Besiegtwerden, das ist der Wechsel des Kriegsglückes. Schlachten gewinnen und verlieren giebt an und für sich weder Ehre noch Schande; denn nicht selten gebührt dem Besiegten der Lorbeerkranz. Aber Söhne eines Landes, die eine Sprache bindet, eine gemeinsam-heilige Vergangenheit, eine unsterbliche Geschichte, und welche dieses Band höhnisch mit Füßen treten! Aber Weiber, die, von den Küssen ihrer deutschen Freunde noch warm, dem fremden Krieger lüstern entgegenfliegen, bevor er noch *bon jour* gesagt! ... o liebes Deutschland!

Als ich in Paris war, haben mir Soldaten jener Zeit, wenn sie hörten, ich sei ein Deutscher, oft mit Lächeln gesagt: so leicht haben es uns die Frauen nirgend gemacht, als *chez vous*. Breslaus Damen sind meines Wissens hinter ihren deutschen Landsmänninnen nicht zurückgeblieben, und in die Lästerchronik jener Zeit mich vertiefend, besinne ich mich auf eine gute Geschichte.

Einer von Breslaus französischen Kommandanten, S..., hatte mit einer schönen, interessanten Frau aus der vornehmen Welt im traulichsten Verhältnis gestanden. Als nun nach der Rückkehr der Bourbonen im Kreise jener Dame hin und her gestritten wurde, welcher von den napoleonischen Generalen dem Kaiser anhängen, welcher dem Königtume sich zuwenden werde, äußerte die Schöne: für S. möchte ich bürgen; im Herzen war er immer Royalist. »Ei«, rief Herr von C., »das können *Sie* behaupten, meine Gnädige? Sie, die ihn doch wahrhaftig als Sansculotte kennen lernten?«

In alle Stände drang die Franzosenliebe. Jede geringe Bürgersfrau hatte ihren Sapeur, ihren Sergeanten; jedes hübsche Dienstmädchen seinen Voltigeur. Wie sie paarweise einherstolzierten. Und wie viele Ehemänner demütig hinter ihren Weibern einhergingen!

Jérôme bildete anfänglich eine Art von Hofhalt, empfing die Notabilitäten, jedoch nicht minder die Töchter des Landes. Wer französisch verstand, wurde zur Abfassung und Überreichung von Suppliken gepreßt. Gaben junge, hübsche Frauenzimmer die Bittschriften ab, so war der Bittsteller geborgen.

In den Gesellschaften, welche Jérôme um sich versammelte, spielte der damalige Pastor, spätere Generalsuperintendent *Hermes* eine große Rolle. Ein ausgezeichneter Mann und in der deutschen Lese-

welt, wenn nicht mehr gelesen, doch genannt als der Verfasser von
Romanen, die ihre Epoche in der Litteratur gehabt. Wer hörte nicht
»Sophiens Reisen« nennen? Dieser gelehrte, ausgezeichnete Mann
sprach, – damals eine Seltenheit –, vortrefflich französisch und
wurde deshalb von Jérome und dessen Gefolge doppelt artig behandelt. Ihm hatte diese Anerkennung seiner Persönlichkeit behagt,
und er liebte es, noch lange nachher, als unsere lieben Gäste uns
bereits verlassen hatten, von seiner Geltung unter ihnen zu erzählen. Nun begegnete ihm oft, daß er im Laufe seiner Erzählungen,
die er sehr gut vortrug, ein wenig »brodierte«, Fakta gelegentlich
veränderte und kurz und gut in eine poetische Darstellungsweise
geriet, die man, seinem Charakter übrigens unbeschadet, in plumpe
Prosa übersetzt: »Aufschneiderei« zu nennen pflegt. Er hatte gewiß
keine üble Absicht dabei, es war ihm so unter den Händen aufge-
wachsen, er glaubte selbst daran. Im Jahre 1818, bei Gelegenheit
einer geselligen Versammlung für Quartettmusik, kam, ich weiß
nicht wie, Jérome aufs Tapet, und der alte Romanzier ins Feuer. Er
gab folgende Erzählung: »Als ich beim König von Westfalen eintrat
und ihm genannt wurde, gewahrte ich in seiner Nähe einen schönen Mann, dessen ausdrucksvolles Gesicht mich fesselte. Sobald es
sich nur thun ließ, sagte dieser, eine Pause benützend, ohne Rücksicht auf des Kaisers Bruder, indem er sich zu uns Deutschen wendete: ›Wenn ich mich nicht sehr täusche, meine Herren, befindet
sich unter Ihnen der Mann, dem ich *alles* danke. Ja, meine Herren,
ich muß es Ihnen bekennen, ich war ein wilder, ruchloser Jüngling,
ohne moralischen Halt, ohne Glauben, ohne Tugend. Ein günstiges
Geschick führt mir einen deutschen Roman in die Hände, ich lese
ihn, lese ihn wieder, mir gehen die Augen auf, ich fühle mich erhoben, neu geboren, ich werde ein anderer Mensch. Nun denken Sie
sich meinen Zustand während dieser Belagerung. Ich wußte es,
weiß es gewiß, hier in diesen Mauern lebt der unsterbliche Verfasser ›Sophiens Reisen‹, und hierher gebot mir grausame Pflicht,
die mörderischen Kugeln zu senden. Aber ich begleitete jede, die
ich fliegen ließ, mit innigem Gebete, und immer rief ich ihr nach:
Bombe, n'attrape pas mon homme!‹ Da konnte ich mich nicht länger
halten«, fährt Hermes fort, »laut rief ich aus: *Eh bien, Monsieur, votre*
homme, il nest pas attrapé; und wir lagen uns in den Armen.« –

Jérome stand in dem Rufe, sich täglich in weißem Weine zu baden, und seine Kammerdiener standen in dem Rufe, diesen Wein, wenn das Bad genommen war, auf Flaschen zu ziehen und billig zu verkaufen. Nun wollte in Breslau kein Mensch mehr französischen Wein trinken. Unser Kutscher meinte, was das für Unsinn ist, den werden die Kerle schon unter sich aussaufen. Im übrigen nahmen, wie schon oben angedeutet, wir stubenhockende Pensionsknaben an dem, was außerhalb geschah, keinen Teil, weil eben unsere Teilnahme für großes und allgemeines nicht angeregt wurde. Das Unglück des Vaterlandes, der Druck, der auf dem Volke lag, die traurige Entfernung des edlen Königshauses, ... welche reiche Veranlassung hätte dies unserem Erzieher geben können und sollen, in unseren kindlichen und eben darum leicht begeisterten Herzen die Flamme der Treue, die Glut der Rache zu schüren und zu nähren, uns für die Zukunft vorzubereiten! Nichts dergleichen. So engherzig feig ging man mit uns um, so niedrige Gesinnungen herrschten in unserer Anstalt, daß uns die Zerstörung der Breslauer Festungswerke, welche alltäglich mit furchtbar erschütternden Explosionen durch unsere Schulwände dröhnte, indem sie die Grundmauern beben, die Glasscheiben zerplatzen machte, wie eine heilsame, väterlich weise Maßregel der französischen Behörden angepriesen ward, welche in fürsorgender Liebe die guten Breslauer Bürger nie mehr den Gefahren einer häßlichen Belagerung ausgesetzt wissen wollten.

Beginnende Theaterwut

Niemals habe ich ein Tagebuch geführt, niemals wichtige Begebenheiten notiert; als Kind war ich oft nachdenklich und ernsthaft, den Umgang und das Gespräch der Erwachsenen suchend; als Mann bin ich kindisch geblieben. Was Wunder, wenn bei dem Mangel jedes schriftlichen Leitfadens sich die Ereignisse meines Lebens mir in der Erinnerung bunt und willkürlich durcheinander mischen, so daß ich oft nicht weiß, welcher Eindruck, welcher Gedanke dem Knaben, welcher dem Manne angehört?

Von den Jahren achtzehnhundert und acht, neun, zehn, elf sind die Gestalten am verworrensten. Nur einzelne Momente treten hervor. Unter diesen ist der hellste, freudigste, daß der stets wachsende Verfall ihrer pekuniären Angelegenheiten meine Pflegemutter geradezu zwang, mich aus der Erziehungsanstalt wegzunehmen, weil sie das enorme Jahrgeld nicht mehr zu erschwingen vermochte. Ich mag zwölf Jahre alt gewesen sein, als die selige Stunde schlug. Das Magdalenengymnasium blieb mir und ich ihm. Wir haben beiderseits keine große Ehre davon gehabt; ich freilich nur durch eigene Schuld.

Mutter hatte mir eines der großen Vorderzimmer eingeräumt, in welchem, mich nächtlich zu schützen und zu bewachen, auch ein Bedienter schlafen mußte. So war ich eingezogen, und der erste Akt, den ich nach meiner Emanzipation ausübte, war ein Gang auf den »Kränzelmarkt«,[1] wo neben Blumenverkäuferinnen auch die Vogelhändlerinnen ihren Markt hielten. Vögel waren stets mein Entzücken. In der Pension durften wir uns nichts Lebendiges halten, als die kleine Menagerie auf dem Kopfe, die von einem Sonnabend zum andern gehegt wurde, um nach siebentägiger Schonung desto bessere Jagd zu geben. Ich flog also, als ob ich selber Flügel hätte, auf den Kränzelmarkt und tauschte, was ich an erspartem Taschengelde besaß, gegen Stieglitze, Gimpel, Zeisige, Finken um, verschmähte sogar den simplen Sperling nicht, um nur die Zahl zu vermehren. Sorglos um die saubere Stube und ihre Mobilien, ließ ich die befiederte Schar ihren Unfug darin treiben und habe es im

---

[1] Jetzt: Hintermarkt.

Verlaufe jener Zeit manchmal bis auf fünfzig Individuen gebracht, die unter dem Ofen hockenden Wachteln nicht einmal mitgerechnet. Die Liebe zu diesen heiteren, klugen, leichtgezähmten Geschöpfen, diesen flatternden Blüten unserer nordischen Wälder, diesen naiven Sängern und Verkündigern einer allgemein verständlichen Sprache der Naturfrömmigkeit hat mich nie verlassen, und wenn ich jetzt, vom Leben, Hoffen, Irren und Kämpfen müde, mir für die letzten Tage meines Lebens ein Asyl träume (Träumereien, die nicht in Erfüllung gehen werden), so spielen zahme Vögel dabei die Hauptrolle.

Nicht mehr unter der Willkür eines heuchlerisch-frömmelnden Tyrannen, nicht mehr in knechtischer Furcht vor einem borniten Despoten, fing ich an, das eigene Leben zu fühlen, und stellte mich nun auch der Mutter, der ich in diesen Jahren doch schon über den Kopf gewachsen war, entgegen. Ich war bald so weit, daß ich thun und lassen durfte, was mir gefiel.

Nun begannen die eigentlichen Schulfreundschaften, die oft bis zur Zärtlichkeit stiegen, gewöhnlich aber in einer Prügelei untergingen. Nun begann die Theaterwut. So lange ich in der Pension gewesen, hatte diese wenig oder gar keine Nahrung gefunden. Den dreizehnjährigen Knaben ließ man schon allein ins Parterre wandern. Das Breslauer Theater war damals vortrefflich.[2] Ludwig Devrient, in jugendlicher Kraftfülle, die Zier dieser Bühne. Ohne Ruf, selbst den Theaterfreunden dem Namen nach unbekannt, war er als Franz Moor aufgetreten und seit jenem Abende der Gegenstand uneingeschränkter, allgemeiner Bewunderung, die sich nicht selten bis zum Enthusiasmus – eine in Breslau seltene Ware – steigerte. Ich hatte ihn in Kotzebue's »Schauspieler wider Willen« als Pfifferling gesehen, und von Natur mit einem subordinierten Talent, eigentlich nur Geschick, begabt, Organe, Dialekte, Sprachweisen nachzuahmen, spielte ich den staunenden Hausgenossen gar bald den ganzen Devrient'schen Pfifferling in seinen fünf oder sechs Verkleidungen

---

[2] Unter Leitung des Regierungsrats Streit, eines Mannes, dem Schlesien und zunächst Breslau unendlichen Dank schuldig ist, war dies Theater eines der besten in Deutschland. Die Einnahmen waren dennoch schlecht, und Streit zog sich, allseitigen Undankes müde, gänzlich davon zurück. Kaum war dies geschehen, so wendete sich das Glück in Fülle dem täglich schwächer werdenden Institute wieder zu.

vor. Man lud eine Gesellschaft zusammen, Ofenschirme, wie spanische Wände wurden theatralisch gestellt. Der Dümmste meiner Genossen gab den Murrkopf; ich erntete so lauten Beifall als Devrient, und am andern Tage machte ich in der Klasse bekannt, ehe noch der Justinus, den wir exponieren sollten, aufgeschlagen war, ich würde Schauspieler werden! Nun gute Nacht Fleiß, Ausdauer, Bestreben, Ehrgeiz und wie die Stacheln heißen mögen, die den begabten Schüler durch die staubige Bahn des Schulschlendrians der klaren Morgenröte heiterer Wissenschaft entgegenführen. Bis dahin hatte ich schlechte, aber auch gute Epochen gehabt; ich war abwechselnd faul und fleißig gewesen, dabei merklich fortgeschritten; von nun an wurde mir die Schule zuwider, und ich sah nur Coulissen, roch nur Lampendunst.

Das Ende der Franzosenzeit

Jahreszahlen entfallen mir gar zu schnell. Ereignisse, was sich an diese knüpft, Lokalitäten, geringfügige Nebenumstände bleiben mir desto fester, und manche mir wichtige Erinnerung an Begebenheiten, die auf mein ganzes Dasein vom größten Einfluß waren, verdanke ich oft nur einer Nebenerinnerung an die Straßen, Häuser, Bäume, wo ich erlebte oder erfuhr, was ich nicht hätte vergessen dürfen. Ich bin sicher, daß ich tausend Jahre alt werden könnte, wofür mich Gott gnädiglich bewahren wird, ohne die Trödlerbude zu vergessen, vor der mir an wundervollem Sommertage ein Mitschüler, die schönste Centifolie in der Hand haltend, entgegen rief: »Weißt Du schon, die Königin ist tot?« Beschwören kann ich, daß ich mein Leben lang nicht von der vielbetrauerten Fürstin habe reden hören, ohne dabei unwillkürlich an eine volle Rose zu denken. Wem das geziert klingt, für den folge das Geständnis, daß mit der Rose auch jedesmal die Trödlerbude samt ihrem alten Kleiderkram vor meiner Einbildung sich darstellt.

Der Abmarsch der französischen Truppen, die Bildung der Bürgerwachen und Nationalgarden, der erste Wiedereinzug preußischer Soldaten, die feierliche Einsetzung der Stadtverordneten: dies Alles sehe ich lebhaft, empfinde die dadurch veranlaßten knabenhaften Erregungen wieder, wenn ich nur der Plätze gedenke, wo ich mich im Gewühle des Volkes mit andern Knaben umhertrieb und begeistert aus vollem Halse mitschrie. Denn ich war bei solchen Gelegenheiten leicht gerührt und nahm, was meinen Genossen willkommenen Stoff zu tollen Streichen bot, gern von der feierlichen Seite.

Obenan unter diesen Aufregungen der Phantasie steht die große Prozession, welche von der katholischen Bevölkerung Breslaus am Fronleichnamstage gehalten zu werden pflegte. Um die ganze Fülle poetisch-banger Ahnung, durch Weihrauch, Priesterkleidung, Fahnen, Gesänge, Blumen und schmetternde Trompeten in dem Knaben hervorgebracht, jetzt noch einmal nachzufühlen, genügt es für mich, eine Päonie (Pfingstrose nannten wir diese Blume) blühen zu sehen. Wenn ich diese purpur- oder blutrote Blüte nur erblicke, so ist es mir, als ob eine Sehnsucht nach fremden Ländern und fernen

Zeiten in mir erwachte; ohne zu wissen und zu wollen, gebe ich ihr nach, und sie führt mich auf die schöne Dominsel, wo in einem versteckten Gärtchen Blumenhändlerinnen, mit meinem ehemaligen Hauslehrer verwandt und mir durch ihn bekannt, – im Kreise junger Gehilfinnen sitzen und riesenhafte Guirlanden und Kränze für die Feier des kommenden Tages winden. Ich helfe ihnen, reiche Blumen und Eichenlaub; aber eine Päonie wird mir geschenkt. Ich trage sie heim, lege sie vor mir aufs Bett, wenn ich schlafen gehe, und schon vor Sonnenaufgang fallen meine Blicke auf dies welkende Zeichen einer hohen Feier. Ich durchstreife die Stadt, besuche jene Altäre, die angesehene katholische Bürger vor ihren Häusern errichtet haben, und laufe dann hinaus nach dem Dom, den Scharen der Klosterbrüder begegnend, die von allen Seiten dem großen Sammelplätze zueilen. Ich dränge mich durch das Gewühl in die schönen, herrlichen Kirchen, springe jenem Domherrn nach, verfolge diesen Fahnenträger, um ihm in sein altes Angesicht zu blicken, welches wunderlich mit seiner frischen, bunten Tracht kontrastiert, starre nach den Fenstern des fürstbischöflichen Palastes und folge zuletzt dem langen, unübersehbar langen Zuge von Priestern, Mönchen, Dienern, Musikern, Schülern und Volk durch die ganze schöne, alte Stadt. Und was ich hier in so vielen matten Worten ausdrücken müssen, fliegt wie ein Hauch durch meine Seele beim Anblick einer Päonie.

In unserem Hause, in unserer Familie, in unserer Bekanntschaft war man streng lutherisch; man bat Gott tagtäglich, uns vor dem Papst, wie vor den Türken zu beschützen; man haßte pflichtschuldigst katholische Kirchen und Priester, schalt auf die Klöster samt ihren Bewohnern, und machte höchstens eine Ausnahme in betreff der »barmherzigen Jungfern und Brüder«, ich glaube nur deshalb, weil in ihren Freistätten einige unserer erkrankten Dienstboten Pflege und Heilung gefunden hatten. Mir war die Sache mit dem Katholikenhasse niemals ernst; ich schwieg darüber und dachte mir mein Teil. Dagegen fühlte ich eine neugierige Neigung für diejenigen Kinder, von denen man mir halb warnend sagte, sie wären katholisch. Und als ich gar erfuhr, daß meine erste Liebe, von der wir bald reden werden, eine Katholikin sei, wäre ich am liebsten auch katholisch geworden.

Die Aufhebung der Klöster und Stifte ging mir tief zu Herzen. Ja, ich weinte meine bitteren Thränen um die alten Leute, die da gezwungen wurden, noch einmal in die kalte Welt zu gehen,[3] ehe sie sich ins Grab legen durften. Ich trieb die Kühnheit so weit, meine Stimme zu erheben und allerlei verfängliche Reden, – wie denn ein naseweiser Junge sie ausstößt, – über Mein und Dein, über Vergangenheit und Gegenwart, über Geschichte und Zukunft zu erheben; Reden, die geziemend mit der kurzen Erwiderung, daß alles, was der Staat für nötig erachtet, recht sei, zurückgewiesen wurden. Eine Ansicht, die meine Pflegemutter doch minder kräftig verfocht, als der Staat von ihr begehrte, sie möge ihm ihr Silberzeug einhändigen oder dasselbe gegen eine fixierte Geldabgabe stempeln lassen. Ich selbst mußte bei dieser Gelegenheit hilfreiche Hand leisten, um einen kleinen Kasten mit *un*gestempeltem Silber vor den Augen unberufener Forscher zu verbergen; was mir hoffentlich heute, wo ich es reuig bekenne, keine bitteren Folgen mehr bringen wird, da die Schuld, denke ich, verjährt, und da jenes ungestempelte Silber, obgleich durch Erbrecht an mich gelangt, schon gar lange den Weg alles Fleisches gegangen ist.

Die Klöster wurden leer, – und am nächsten Fronleichnamstage blieb die kleine Prozession jenseit der Oder auf ihrer Dominsel.

---

[3] Dem war eigentlich nicht so, weil die Behörde, so viel ich mich erinnere, menschlich genug dachte, um den alten Mönchen zu gestatten, daß sie in ihren Mauern aussterben durften. Wenigstens einigen Orden.

Breslau 1812

Von dem, was um jene Zeit die Zeit erfüllte, von dem Zuge des großen französischen Heeres und seiner Bundesgenossen, ist mir durchaus kein Merkmal in der Erinnerung geblieben, wenn nicht die Behauptung, auf die ich mich noch aus dem Munde meiner Pflegemutter und ihrer Freundinnen besinne, daß der drohende Krieg durch den Kometen vom Jahre Achtzehnhundertelf veranlaßt und herbeigeführt sei, dafür gelten soll. Ich war ein verzweifelt aufgeklärter junger Mann und kämpfte mit den schärfsten Waffen der Physik und anderer Künste, die man uns in der Schule dargereicht, gegen Aberglauben und Gespensterfurcht, – wohl verstanden, bei hellem Sonnenschein, denn im Dunkeln gab ich klein bei, – und deshalb stritt ich auch gegen alle und jede Konsequenz, die meine Altenweiberumgebungen aus dem Kometen zu ziehen suchten. Die Streitigkeiten, bei welchen Kanngießer auf boshaftspöttische Weise mir beipflichtete, indem er durch ganz thörichte Gründe den Damen Recht gab, sind mir sehr gegenwärtig geblieben. Desto überraschender war es mir im Jahre 1827, wo ich mit *Immermann* mehrere Tage in Düsseldorf und Köln zubrachte, von ihm eine Ansicht aufstellen und entwickeln zu hören, die mir jene Gespräche vom Jahre Zwölf auffrischte. Es war nämlich die Rede von dem Zusammenhang, in welchem die Geschichte zur Natur stände, und wie durch diesen, wenn man ihn ganz und tief zu erfassen vermöchte, allerdings aus Naturerscheinungen zu prophezeien wäre, was sich im großen der Historie begeben würde; so könnte man, fuhr Immermann fort, sehr wohl die Behauptung aufstellen, der harte Winter, der die Franzosen in Rußland tötete, sei in Verbindung mit der Kometenhitze zu bringen, und demnach hätten diejenigen doch eigentlich wahr gesprochen, die aus dem Erscheinen jenes Kometen den Untergang einer großen Weltherrschaft oder Nation vorherverkündigt.

Ich kann gar nicht beschreiben, mit welchem Glänze diese Immermann'sche Ansicht in meinen Augen die längst verstorbene Pflegemutter und ihre seligen Klatschschwestern verklärte.

Welche Stimmung aber sonst der gewaltsam erzwungene Anschluß der preußischen Truppen an die französischen in Breslau hervorgebracht? Wie man sich darüber geäußert? Welche Befürchtungen oder Hoffnungen die schlesischen Politiker von vorn hinein daraus gezogen? Darüber bin ich völlig im Dunkel. Wahrscheinlich durch meine Schuld und weil ich, gar zu sehr von eigenen Theaterträumen umnebelt, dem, was um mich her abgehandelt wurde, kein Ohr lieh; denn Kanngießer kanngießerte sehr gern und setzte gewissermaßen einen Stolz darein, das Beste und Neueste vom Markte der Neuigkeiten mitzubringen.

Die erste Rückerinnerung an den Rückzug der französischen und ihrer Bundesheere kommt mir, – aber diese um desto lebhafter – auf dem Wege über das Theater entgegen. Man gab »Herodes vor Bethlehem«, jene vortreffliche Mahlmann'sche Parodie, wo Devrient als thränenreicher Viertelsmeister unbeschreiblich war. Als im dritten Akte die Truppen des Herodes gegen den drohenden Feind geführt werden sollen, und der Adjutant die Soldaten mit den herrlichen Worten: »Helden meiner Wachtparade« etc. zur Bravour anfeuert, erschien unter diesen Helden, die ihre Courage durch Zittern und Beben an den Tag zu legen suchten, einer mit zerrissener französischer Uniform, in Lappen und Pelze gewickelt, vor Frost klappernd, und wurde vom Publikum, welches ähnliche Unglückliche schon auf dem Wege von Rußland her hatte ankommen sehen, mit wildem Hurrageschrei begrüßt. An diesem Abende, muß ich bekennen, erhob sich in meiner Brust zum ersten Male eine Flamme patriotischer Begeisterung, die zwar durch das Mitleid mit den erfrorenen, mir eigentlich sehr lieben Franzosen gedämpft wurde, die aber doch immer wieder hervorbrach, obschon ich es höchst tadelnswert fand, daß *Töpfer,* – denn *Karl Töpfer* hieß der junge, talentvolle Schauspieler, der sich diesen Scherz erlaubte, – so namenloses Elend in das Gebiet der Posse gezogen.

Von nun an habe ich auf meine Weise teilgenommen an dem, was in der Welt vorging.

Und da komme ich denn auf den Schluß des Jahres Zwölf, den Anfang des Jahres Dreizehn, wo *Breslau* das Herz Deutschlands, ja gewissermaßen das Centrum Europas wurde. Es ist schwer über jene Tage zu sprechen, ebenso schwer würde es mir werden, davon zu schweigen. Was hätte ich zu sagen, neues oder bedeutendes, ich armer unbedeutender Einzelner, was nicht schon von vielen, klügeren und besseren, in größeren und kleineren Werken, in Prosa und Dichtung, in allen Zungen gesagt wäre? Und dennoch: Keiner von allen hat erzählt, wie mir, dem fünfzehnjährigen Jüngling, dabei zu Mute war, was *in mir* vorging? Welchen Einfluß die Gewalt einer großartigen, begeisterten Erhebung aus den egoistischen Armseligkeiten des gewöhnlichen Lebens zu den Höhen der Begeisterung, der Aufopferung für eine Idee auf mich und meine Zukunft übte! Und da in keiner Schilderung jener Zeit *davon* die Rede ist, so muß ich wohl davon sprechen, denn das gehört in dies Buch.

Die weisesten Sprüche der Moral, die ich bis dahin vernommen – (absichtlich habe ich von den Vorbereitungsstunden zu der sogenannten »Konfirmation« und von dieser selbst geschwiegen. Sollte ich über den zu diesem Zweck genossenen Unterricht, über die in mir täglich lebendiger gewordenen Zweifel und Widersprüche, über die Rücksichtslosigkeit, mit der man trotz meiner Zweifel und Widersprüche mir befahl, öffentlich das Glaubensbekenntnis herzusagen, ohne mich doch zu fragen, ob ich es glaubte – sollte ich über alles das, was um mich und in mir dabei vorging, reden – o mein Gott, wann würde ich da fertig?) – die weisesten Sprüche der Moral, die ich bis dahin vernommen, liefen darauf hinaus: sei christlich fromm, gehe in die Kirche und zum Abendmahl, bete, gieb den Armen manchmal einen Groschen, sündige nicht gegen die Gebote der Keuschheit, (hätte ich nur lieber gewußt, was das ist), suche möglichst Deinen irdischen Vorteil zu erringen, sei sparsam, lege Deine Kleider ordentlich zusammen, wahre Deine Gliedmaßen vor körperlichem Schaden, menge Dich nicht in fremde Händel und lebe so, daß Du als wohlhabender Mann sterben und als Auserwählter des Himmels in die ewige Seligkeit eingehen mögest!

Wie man bei genauer und genauester Befolgung solch freundlicher Hausmittel ein gemeiner, feiger, selbstsüchtiger, verächtlicher Schuft und Schurke sein kann, – das ist mir wohl heute ziemlich klar; damals natürlich ahnte ich nichts davon und hatte, wenn ich die Regeln auch nicht stets alle befolgte, doch einen Höllenrespekt vor ihrer Kraft und Würde. Die Möglichkeit, sie anzufechten und sie in ihren Grundfesten zu erschüttern, erschien mir nur dann, wenn ich erwog, in welchem Widerspruch sie mit ihrer Absicht, Schauspieler zu werden, stehen müßten, weil diese als der ewigen Seligkeit schnurstracks entgegenlaufend angeklagt wurde. Vergebens hatte das Altertum seine Donnerworte griechisch und lateinisch in unsere Ohren gerufen; *mir* waren sie nicht tiefer gedrungen; zu nüchtern, zu nichtig, zu geistlos war ich erzogen, zu erbärmlich, was ich täglich sehen und hören und erleben müssen. In den Dichtern, die ich liebte und kannte, reizte mich nur die Form, der Sinn war mir nicht aufgegangen.

Er ging mir auf, als es damals hieß: die Franzosen sind geschlagen, Napoleon aus Rußland geflohen, seine Heere zerstreut, Deutschland kann sein Joch abwerfen; was wird Preußen thun?

Und als es ferner hieß: Der König verläßt Berlin, er wird nach Breslau kommen. Das ist ein gutes Zeichen ... Ich lief hinaus vors Thor und erwartete mit einem Häuflein Breslauer an dem Gasthause zum »Bären«, eine Viertelstunde von der Stadt den ersehnten, den geliebten, den guten König, den redlichen Friedrich Wilhelm III.!

Als der Wagen sichtbar wurde, schwenkten wir die Mützen und schrien ihm jubelnd entgegen, und alle jauchzten ihm zu: » *Gegen* Frankreich!« Und ich jauchzte mit, die Augen voll Thränen, zum erstenmale von einem *Gedanken* ergriffen, von einer Meinung, von einem Gefühle des Vaterlandes!

Da begann ein neues Dasein. Sogar das Theater ward mir weniger wichtig und behielt seinen Wert nur deshalb, weil der König und seine Familie fast täglich dort waren; weil sie täglich, wenn sie kamen, mit Freudengeschrei empfangen wurden; weil jede nur irgend zu deutende Stelle, jede noch so entfernte Anspielung mit Enthusiasmus bezogen, gedeutet, aufgenommen ward; weil der arme französische Gesandte, der samt dem königlichen Hofhalte von Berlin mitgekommen war, in seiner Loge Blut schwitzte und doch nicht wegbleiben durfte, da noch nichts offiziell ausgesprochen war.

Ob es im Jahre 1813 ein Gymnasium zu St. Maria-Magdalena gegeben habe, ob in demselben doziert worden sei, das würde ich wahrhaftig gar nicht wissen, wenn ich nicht wüßte, daß in der Klasse in Gegenwart des Lehrers der königliche »Aufruf an mein Volk und an mein Heer« vorgelesen worden. Die unerläßlichen »siebzehn Jahre« überhörten wir. Darnach fragte keiner; nicht einer fragte: »Wie alt bist Du?« Sondern jeder rief: »Gehst Du mit? *Ich* gehe!«

Am Abend desselben Tages ward im Theater das Kotzebue'sche Schauspiel: »Die deutsche Hausfrau«[4] aufgeführt. Die versammelten Zuschauer achteten wenig oder gar nicht auf die Darstellung. Aller Blicke waren auf *eine* Loge gerichtet. Der König fand sich erst in der Mitte des zweiten Aktes ein. Heiliger Gott, welch' ein Augenblick! Das waren nicht Unterthanen, die, weil es eben hergebracht ist, von flüchtigem Enthusiasmus oder von angeborener Anhänglichkeit bewegt, dem Monarchen huldigen wollen; das war nicht ein König, der diese Huldigung mit gnädigem Lächeln hinnimmt und sich dann bequem nach der Bühne wendet: Nein, das waren Menschen, die in rein menschlicher Empfindung dem Manne Treue schwuren, den sie in seinem Unglück achten und lieben gelernt; dem Manne, der ihrer bedurfte, um auf dem Throne seiner Väter zu bleiben. Ihm wollten sie sagen: Da sind wir, alle für einen, und Du, unser König: Einer für alle! Niemand mochte in diesem Augenblicke an Orden und Ehrenstellen denken: Kampf, Blut, Rache, Freiheit, Sieg und Tod! Um ihm näher zu sein, dem ritterlichen Vater, von seinen holden Kindern umgeben, stiegen die Leute im Parterre auf die Bänke; ich hatte mich glücklich an einer Ecke der vordersten Bank emporgeschwungen; da stand ich neben des Grafen Henckel von Donnersmarck Excellenz, der in der neuen Uniform seines Regiments aus voller Seele »Heil Dir!« schrie; aber ich blieb nicht hinter ihm zurück.

Die »deutsche Hausfrau« ging dabei zu Grunde. Die Schauspieler hatten gut weiter spielen, sie brachten nichts mehr zu stande; denn teils erregte jede Silbe in ihren Reden, die nur irgendwie eine Beziehung gestattete, neuen Ausbruch der dröhnenden Freude, teils waren sie selbst von dem Nieerlebten so wahrhaft ergriffen, daß sie krampfhaft schluchzten, statt zu sprechen. Sie haben niemals schöner gesprochen.

Es ist bekannt, wie jung und alt dem Aufruf genügte, wie Beamte und Handwerksbursche, Räte und Diener, Lehrer und Schüler sich dahin drängten, wo die Freiwilligen eingeschrieben wurden.

Wir gingen auch, wir armen fünfzehnjährigen, wir drängten uns auch. Aber die Zeugnisse über die erreichten »Siebzehn« wurden

---

[4] Ich habe keinen gedruckten Beleg dafür zur Hand, ob es wirklich dieses Stück war; aber ich möchte darauf schwören, daß ich mich nicht irre.

gefordert, und wer sich nicht besonderer Protektion erfreute, mußte wegbleiben. So auch ich! Meine Thränen hat Gott gezählt; ein Mensch vermöchte es nicht.

Glücklicher als ich war einer meiner näheren Schulfreunde, Theodor Senft von Pilsach; obgleich nur wenige Monate älter als ich, brachte er es dahin, angenommen zu werden. Ausgezeichnet durch Fleiß, Verstand, feinste Sitten und zarte weibliche Schönheit, gab er das anmutigste Bild eines werdenden Jünglings; und da gerade in den letzten Monaten vor jenen großen Ereignissen die Vertraulichkeit früherer Kindertage durch Annäherungen in der Schule wieder zwischen uns lebendig geworden war, so that es mir doppelt weh, ihn zu verlieren, wo *er* dem höchsten Ziel entgegenziehen durfte, *ich* aber in unserm Staube zurückblieb. Siegestrunken folgte er dem schmetternden Feldruf, und schon in der ersten Schlacht sank er unter feindlichen Schwertern, furchtbar zusammengehauen, des frühen Todes Raub. Nicht selten in meinem unstäten Leben habe ich, seiner gedenkend, aus tiefster Brust geseufzt: »Daß ich an Deiner Seite läge im Boden des Schlachtfeldes, Theodor, wie ich so oft bei unseren kindischen Soldatenspielen, wenn wir das ›Feldlager am Pferdestall oder auf den Heuböden‹ bezogen, an Deiner Seite lag. Beneidenswerter, Du bist als *Knabe* gefallen für das höchste Ziel in der Blüte des Lebens; in begeisterter, unenttäuschter Zuversicht hast Du den vollen Frühling deutscher Hoffnungen geatmet, und von seinen blutigen Rosen geschmückt moderst Du in vaterländischer Erde. Aber *wir*?« –

Damals gingen wir gesenkten Hauptes zurück und schlichen, unsere Mappen unterm Arm, nach der Schule! – – *Sollten* gehen, *sollten* schleichen! Ich that es nicht. Mir schien die allgemeine Aufregung willkommene Ausrede; ich meinte im vollen Rechte zu sein, wenn ich bei solch' großer Zeit die Schule mit dem Rücken ansah. Was war da nicht zu sehen, zu hören, zu besprechen. Alle Plätze belebt, alle Gassen erfüllt von kriegerischem Geräusch, Truppen jeder Gattung, Waffen jeder Art! Soldaten und Bürger vermischt, die letzteren vom gereiften Manne bis zum Jüngling, vom jungen Fürsten über den rüstigen Beamten bis zum alternden Diener oder Handwerksmann mit den Zeichen ihrer Wahl geschmückt, oft noch ohne Uniform; auf ihrem gewöhnlichen Rock ein bunter Kragen, über die Schulter ein Gurt, an dem das Schwert hing, Landwehrmänner mit

Piken; alle in feuriger Hast, als wolle sich niemand Zeit nehmen, bis morgen zu warten, als dränge es jeden, schon heute in dieser Stunde durch Wort und That zu zeigen, daß er sich, seine Verhältnisse, sein Leben zum Opfer bringe, und ergriffen von dem Gedanken eines freien *Allgemeinen*, die engherzigen persönlichen Bedenklichkeiten seines gewohnten Daseins, froh und gern besiegt habe. Riemer, Sattler, Schmiede, Schuster, Klempner, Schwertfeger saßen Tag und Nacht in ihren Werkstellen, um Kleider, Sättel, Waffen, Feldkessel zu schaffen und durch ihren Fleiß zu ersetzen, was ihnen an Arbeitern fehlte, von denen die meisten Freiwillige waren. Wer daheim zu bleiben genötigt ward durch Geschlecht, Amt, Alter, Jugend oder Krankheit, der gab, was er konnte, andere auszurüsten; alle Sparbüchsen wurden geleert, viele Silberschränke geplündert. Graf *Ferdinand Sandretzky* auf Manze schickte, nachdem er am Abend vorher das Glück genossen, seinen König bei sich zu empfangen und zu bewirten, das große, vollständige Familienservice in die Münze und speiste fürder von Porzellan.

Wo Friedrich Wilhelm III. sich blicken ließ, sei es allein, oder begleitet von blühenden Kindern, überall empfing ihn das Jubelgetön seiner Getreuen; aus allen Provinzen fanden sich rüstige Kämpfer voll Mut und Treue in Breslau ein; jeder Tag brachte frische Kräfte, neue Kunde, steigende Begeisterung. Die Mütter weinten freilich, daß ihre Söhne sich nicht zurückhalten ließen, aber hätten sie's gethan, hätten die Söhne den Bitten nachgegeben, die Mütter würden vor Scham vergangen sein; durch ihre Thränen strahlte der gerechteste Stolz.

»Einquartierung zu bekommen« war keine Last mehr; man räumte den Gästen die Putzgemächer, man bewirtete sie festlich. Auch wir hatten die Freude, einen jungen Mann aufnehmen zu dürfen, der aus dem Berliner Kadettencorps zu den Garden versetzt, als Junker eingetreten und fürs erste in der Welt so fremd war als in Breslau. Noch nicht 18 Jahre alt, aus einem edlen, weit verbreiteten märkischen Geschlecht, von sanftem, gutmütigem und bescheidenem Wesen, gewann er schon in den ersten Stunden alle Herzen und war am zweiten Tage heimisch bei uns. Ich wendete mich ihm mit unsäglicher Liebe zu, und wir wurden bald auf das innigste vertraut. Auch er hieß *Karl*. Die beiden Karls waren unzertrennlich. Was er mir an Jahren, das war ich ihm in Wissen und geistiger Gewandtheit vielleicht überlegen, und da uns beiden eine gleiche Gutmütigkeit innewohnte, so glichen sich die Unterschiede freundlich aus. Nie in meinem Leben ist mir wieder ein so treuherzig lächelndes Angesicht, nie ein solcher Kopf voll blonder Locken, nie ein so tiefblaues, weichverschwimmendes Auge begegnet. Während er seinen Pflichten auf den Exerzierplätzen oblag, streifte ich entweder in seiner Nähe oder doch bei andern Truppenabteilungen umher und nährte meine gierige Phantasie an dunklen Bildern von Schlacht und Sieg, in welche sich jedoch, der Wahrheit gemäß muß ich es sagen, nicht selten ein aufrichtiger Schauder von Wunden und Blut mischte. Diese Mischung von Mut und Verzagtheit, von Kraft und Schwäche bildet, streng genommen, mein Naturell und hat sich zu meinem Schaden in den verschiedensten Lagen des Lebens geltend gemacht. Unbedenklich haben angeborene Eigenschaften bei mir einen traurigen Kampf mit weibisch-ängstlicher Erziehung zu bestehen gehabt; und wenn ich von Vätern abstammend, die nur Schwert und Roß kannten, die durch und durch Männer waren, nicht auch diese Richtung nahm, so darf ich den Grund davon in den ersten fünfzehn Jahren meiner Jugend suchen. Man hat mich gelehrt, abgerichtet, durch Warnung und Beispiel, verzagt, bedenklich, rücksichtsvoll zu sein. Erst wenn leidenschaftliche Regung im guten oder schlechten Sinne mich erfüllte, war ich imstände, die Fesseln der Kindheit abzustreifen, und nur bei gewaltigen Ereignissen oder in wirklicher, ernsthafter Gefahr bin ich meiner selbst Herr und frei von Zweifeln und Furcht. Daher ist es leider gekommen, daß ich bei allen Versuchen und Unternehmungen, wo ein rascher Anlauf nötig ist, mit kühner Entschlossenheit gehandelt und manches erreicht, wo aber besonnene Ruhe, feste Ausdauer gefordert wird, oft auf halbem Wege stehen geblieben bin und mein Ziel, noch bevor ich es für verloren erachten durfte, schwach und unmännlich aufgegeben habe. [...] Aus allen jenen Tagen des Erwachens und der Erhebung strahlt ein Tag mit hellstem Glänze, ein Tag, den hunderttausend Seelen wie einen Tag glorreichster Freude begingen; der Tag, wo Alexander von Rußland an der Seite seines königlichen Freundes in Breslau einzog. Ihr Weg führte die Monarchen durch unsere Gasse, und aus den Fenstern meines Arbeitsstübchens, – es trug diesen Namen wie lucus a non lucendo, – blickte ich mit einigen Freunden auf die gekrönten Häupter hinab. Sie hatten lange auf sich warten lassen, die Stunden des ungeduldigen

Harrens waren uns schon zur Qual geworden, und in dieser Qual der Langeweile habe ich etwas verübt, dessen ich mich heute noch im innersten Herzen schäme, was ich bis heute noch niemand zu bekennen wagte, und was ich nun durch ein offenes Bekenntnis mir von der Brust, auf der es seit so langen Jahren wie eine schwere Last liegt, abwälzen will. Es ist, um gleich schonungslos das Kind beim rechten Namen zu nennen, ein von mir begangener *Diebstahl*.

Unter die Hauptfreuden der Breslauer gehörte damals der Besuch derjenigen Plätze in der Vorstadt, wo Kosaken, Baschkiren und andere bärtige Kinder anderer Zonen bei ihrem Durchzuge zu biwakieren pflegten. Sie empfingen die Besucher freundlich, aber mit leeren Händen durfte man nicht kommen. »Geben« war im Jahre 1813 überhaupt die Losung, und in die fliegenden Lager jener flüchtigen Helden, die wahrhaft vergöttert wurden, ging man scharenweise, alle Hände und Taschen voll von Brot, Wurst, Tabak und Schnaps. Die Kerls waren in ihrer tierischen Gier, in ihrer wilden Dankbarkeit hinreißend. Wenn sie, über die Oderbrücken nach der Stadt reitend, auf ihren kleinen Pferden hängend, die lange Lanze in der nervigen Faust, freundlich fragten, wo der nächste Weg nach Paris ginge, mußte man sie lieb gewinnen. Man folgte ihnen durch die Stadt, kaufte im Vorübergehen zusammen, was nur zu kaufen war, und verteilte es dann unter sie, sobald sie auf der anderen Seite Halt gemacht und sich mit ihrem »Kosakenvieh«, nach Friedrich Rückert aus kleinen Rossen und großen Läusen bestehend, behaglich in den nassen Boden gewühlt hatten.

Derlei Spenden zu machen, wäre auch meine Lust gewesen. – Aber, wie ein altes schlesisches Sprüchwort lautet: wo hernehmen und nicht stehlen? – Meine Sparbüchse hatte ich längst in die Kollekten-Kasse des Magistrats für »Freiwillige« ausgeleert! Nun denn, ich stahl. Und in jenem düsteren Augenblicke, wo ich dieses Verbrechen an mir selbst beging, bewährte sich durch mich das schwere Gewicht des Satzes, daß »Gelegenheit Diebe macht«. Kanngießer hatte Besuch empfangen, einen fremden Gelehrten, den er zu bewirten für passend fand. Er hielt sich mit diesem seinem Gaste in einem unserer Vordergemächer auf, eben auch um des Einzuges der Monarchen dort zu harren, und entsendete mich von dort in sein Wohnzimmer, um aus seinem Kasten, zu dem er mir den Schlüssel reichte, Geld zu nehmen und ihm aus der Weinhandlung in unse-

rem Hause eine Flasche süßen Ungarweines, sein Liebling, herauf-
zuholen. Ich leistete Folge, öffnete die obere Lade und sah darin
unter einem chaotischen Haufen von Wäsche, bunt durcheinander
geworfen, einen Hügel verschiedener Münzarten blinken. Ich that
einen Griff in diesen Schatz, griff zusammen, so viel meine Hand
fassen konnte und in diesem Momente wurde ich schon ein Dieb,
denn ich kannte den Preis einer Bouteille des bestimmten Weines
sehr genau und konnte leicht ermessen, daß die Handvoll Geld, die
ich hielt, mehr als das Doppelte dieses Preises betrug. Nie mehr
mein Leben lang habe ich so deutlich *zwei* Stimmen vernommen, die
mir im Innern gegen einander sprachen. Leider trug die böswillige
den Sieg davon. Ich behielt das Geld in der Hand, schloß den Kasten, stieg hinunter in die Weinhandlung, bezahlte, steckte den
Überschuß in die Tasche und kehrte eiligst zurück, immer noch
mich täuschend, ich wäre willens, dem Besitzer mit Wein und
Schlüssel zugleich auch das zuviel genommene Geld wiederzuge-
ben. Ich gab Schlüssel und Wein, schob aber die Rückgabe des Gel-
des wiederum auf, indem ich mir sagte, das schicke sich nicht in
Gegenwart des Fremden. Später, als die Fürsten kamen und der
Tumult begann, vergaß ich wirklich die Schuld. Abends, als ich
meine Tasche vor zu Bette gehen leerte, war Kanngießer nicht zu
Hause.

Am anderen Morgen fiel mir ein, wie viel Tabak und Schnaps ich
meinen bärtigen Kosaken dafür kaufen und bringen könnte! Und
noch einmal erhob sich die warnende Stimme in mir und drängte
mich, rechtlich zu bleiben. Aber wodurch brachte ich sie zum
Schweigen? Durch die sophistische Entgegnung, daß Kanngießer,
der selbst für die nordischen Gäste schwärmte, sich herzlich freuen
würde, wenn ich sein Geld zu ihrer Erheiterung verwendete; und
ich kaufte wirklich einen Korb voll Tabak und Schnaps, ließ ihn mir
durch einen Tagelöhner nachtragen, verteilte die Gaben und tröste-
te mich mit dem Gedanken, dem Bestohlenen die Wahrheit zu bekennen und dann die Sache ins Komische zu ziehen.

Natürlich unterblieb dies Bekenntnis, und ich behielt ein böses
Gewissen – monatelang! Das Bewußtsein meiner sträflichen Hand-
lung machte mir viel zu schaffen. Doch hatte es auch eine günstige
Folge. Ich wurde und blieb von nun an in allem, was Mein und
Dein heißt, streng gegen mich, rein gegen andere; pflegte den Keim

des Abscheus vor jeder Unredlichkeit dieser Art, der durch meine Gewissensbisse in mich gelegt worden, mit Sorgsamkeit und wünschte nur, daß ich mir, wenn ich der Vergangenheit gedenke, in allen Punkten ein so günstiges Zeugnis ausstellen dürfte, als über den, welcher die von mir verübten Eingriffe in fremdes Eigentum anlangt. Wo es darauf ankam, daß in verwickelten Geldangelegenheiten zwischen mir und einem anderen, gleich viel wem, einer von beiden Teilen zu kurz kommen sollte, da war ich mein Lebenlang wohl stets der zu kurz Kommende, und immer mit meinem Willen oder doch durch meine Schuld. Vielleicht hat jetzt der 46jährige Mann abgetragen, was einst der 15jährige Junge verbrach?

*

Die Einsegnung der verschiedenen ausrückenden Truppenabteilungen, wo um die Scharen junger freiwilliger Krieger Scharen von Eltern und Verwandten versammelt den Scheidenden das Geleit gaben, wo der feurige Mut ungeduldiger Kämpfer aus den Thränen der Ihrigen sich erhob, wie die Sonne aus dem Schoß des Meeres, wo der Bräutigam seine Braut, wo der junge Vater seine stammelnden Kinder noch einmal ans Herz drückte, und dann das Gewirbel der Trommeln, die Ausbrüche krampfhafter Rührung überlärmte, wo die Glocken von den Türmen klangen, und des jungen, neu erwachenden Frühlings sanfter Hauch ihre feierlichen Klänge über die unabsehbaren Menschenmassen, über die Häupter einer hochbewegten Bevölkerung hinaustrug ins weite Land, als sollten die emporsprießenden Grashalme lauschen dem dröhnenden Rufe zum furchtbaren Weltkriege, zum Kreuzzuge gegen den Ungeheueren, der aus dem Kampfe mit den Elementen, aus den Wüsten des starren Eises und gefrorenen Blutes hervorgetreten war wie ein Halbgott, um, eben erst geschlagen, besiegt, vernichtet, schon wieder frisch gerüstet der halben Erde Trotz bieten zu können!

Wer es mit erlebt hat, mag es festhalten in seinem Gedächtnis, in seiner Phantasie. Zum zweitenmal wird er es nicht erleben.

Mir ist es wie der schönste, herrlichste Traum, ein Traum, in dem ich mein deutsches Vaterland als *ein* gewaltiges Deutschland sehe und liebe, ein Traum, in dem ich mich glücklich fühlte, ein Deutscher zu sein, ein Traum, aus dem ich niemals erwachen möchte!

Flucht aus Breslau

Iffland's Bemerkungen über die Alltäglichkeit des Viktoria-Rufens, wie seine hoffnungsreichen Aussichten auf die wiederkehrende Zeit des entfesselten Scherzes waren einige Monate zu frühzeitig von den Brettern herab verkündet worden. Tag für Tag brachte neue Botschaften, des Inhalts, daß der geschmähte Korse sein Handwerk noch immer nicht ganz verlernt, daß sein Frankreich noch immer nicht die letzten Heldensöhne in den Krieg gesendet habe. Von oben natürlich suchte man den Rückzug unserer Truppen zu beschönigen, und bei den öffentlichen Mitteilungen hielt man verständiger Weise die Absicht fest, so lange, wie nur möglich, vor allgemeiner Entmutigung zu schützen. Fakta jedoch lassen sich nicht lange verleugnen, und was wir sahen, sprach zu deutlich gegen das, was wir *lasen*. Die Stadt war im Fieber. Der Paroxismus des Mutes, der Hoffnung war gesunken, Furcht und Kleingläubigkeit traten in ihre alten Rechte, und sie schüttelten Breslau in einem tüchtigen Froste, das muß ich bekennen. Breslau als Gegenstück zu Moskau von den Franzosen angezündet und dann in den brennenden Häusern die rachesüchtigen Feinde rauben, morden und uns braten zu sehen, das war ein Bild, mit welchem wir aufstanden und zu Bette gingen. »Napoleon hat geschworen, daß kein Stein auf dem andern bleiben soll.« So lautete der Grundreim unserer Jeremiaden. Fannys Tante, im Herzen Bonapartistin und Französin, jubelte durch die Thränen ihrer Angst: »Habe ich's Euch nicht gesagt, daß es so kommen wird?« Dabei aber war sie die erste, die für Flucht stimmte. Nachdem dieses Wort einmal ausgesprochen, schien kein Halten mehr. Österreich in seiner Neutralität galt für das gelobte Land der Sicherheit, der Rettung, und unsere Damen priesen den Kaiser Franz darum, daß er dem Kriege gegen seinen Schwiegersohn noch nicht beigetreten war, jetzt eben so eifrig, als sie ihn einen Monat vorher eifrig angeklagt hatten. Nach Österreich! Nach Österreich! riefen alle. Und ich rief lauter als alle, hauptsächlich deshalb, weil ich im Innern die lockende Hoffnung hegte, bei einer so entschiedenen Konfusion, wie ich mir von einer Flucht vor dem blutigen Feinde versprach, werde wohl sehr leicht meine Flucht in die Welt, bei der ich mir wohl nichts Bestimmtes dachte, sondern nur dunkle Theaterträume vor Augen sah, zu bewerkstelligen sein.

Kanngießer'n, den Schulzwang, die Monatskonferenzen der Lehrer mit ihren unseligen Protokollen, den Konduitenbüchern, den sonntäglichen Kirchenbesuch, die nachzuschreibenden Predigten, die griechische Privatstunde ... alles sollte ich hinter mir lassen und in ein fremdes Land ziehen! Vor Wonne wäre ich gestorben, hätte nicht der Gedanke, daß Mutter mit ihren Wunderlichkeiten dabei sein würde, mich wieder ins Leben gerufen.

Als es nun bei täglich drohender werdenden Nachrichten zur Ausführung des vielbesprochenen Fluchtplanes kam, stellten sich mächtige Hindernisse in den Weg; das mächtigste blieb der Mangel an barem Gelde. Fannys Tante hatte sich samt meiner jungen Freundin, da wir so lange zauderten, mittlerweile einer anderen Karawane angeschlossen und war bereits jenseits der preußischen Grenze, während bei uns noch überlegt wurde: wann, wie und ob? So fiel denn eine Familie nach der anderen ab; eine nach der anderen reiste auf eigene Hand, und wir kamen nicht vom Flecke trotz Furcht und Grauen. Einige schlesische »Pfandbriefe« lagen freilich noch in der »Hypothekenschachtel« verwahrt, aber diese in bares Geld umsetzen, hieß in jenen Tagen die Hälfte des Wertes verlieren. Da gab denn zuletzt ein Besuch meiner Tante »Julie« den Ausschlag, welche, durch neue Botschaft von der Annäherung des Feindes erschreckt, sich *fest* entschlossen erklärte, mit Anbruch des nächsten Tages sich und ihre Kinder zu retten. Entschiedenheit von der einen Seite pflegt auf der anderen Nachfolge zu erwecken. Mutter und Tante kamen überein, mit einander aufzubrechen, fürs erste jedoch nur bis »Landeck« zu ziehen, dort dicht an der Grenze, an der »Ecke des Landes« die weiteren Verfolge abzuwarten, und ich erhielt den Befehl, augenblicklich die bestäubten Pergamente, »Pfandbriefe« genannt, beim Wechsler gegen Thalerstücke umzutauschen, was denn mit einem Verluste von 40 Prozent[5] rasch bewerkstelligt war. Der Lohnfuhrmann »Überschär«, eine zu ihrer

---

[5] Wie dumm ich von jeher in allem, was Geldverhältnisse betrifft, gewesen, und mit wie herrlichen Anlagen ich für diese Dummheit geboren bin, geht wohl daraus hervor, daß ich, als der Geldwechsler auf meine Frage, wie hoch die schlesischen Pfandbriefe stünden, mit »Sechzig Thaler« antwortete, wobei er natürlich meinte, ich brächte einen »Hunderter«, anfänglich fürchtete, er wolle mir für ein Dokument von Tausend Thaler nicht mehr verabreichen, und dann sehr froh erstaunt war, als ich Sechshundert empfing.

Zeit hochgeachtete Breslauische Firma, ward für die Herstellung einer guten Gelegenheit, mit besonderer Sorge für des Kutschers Persönlichkeit, »der kein Süffling sein dürfe!« in Anspruch genommen, und ehe noch die Sonne den neuen Tag beschien, rollten wir, für die schwere Ladung rüstig genug, den ersehnten Bergen zu.

In *Landeck* suchten wir, – um der Teuerung in der Nähe der Bäder zu entgehen, – eine Unterkunft: in dem eigentlichen Städtchen dieses Namens und fanden sie bei einem Stellmacher am Marktplatz, wo wir uns in kleinen, doch ziemlich behaglichen Räumen noch an demselben Tage so einwohnten, daß unsere Dienstboten dem großen Werke des Kochens zum Abendessen gleich vorstehen konnten, wenn schon nur als Dilettantinnen der edlen Kochkunst.

[...]

In Landeck! Der Adel nahm zu, unser Geld nahm ab, die Sehnsucht nach Breslau stieg mit jedem Tage. Die gefürchteten Franzosen hatten Breslau inne gehabt, ohne zu plündern und zu sengen, ohne nur den geringsten Exceß zu begehen, hatten es in Folge des kurz nach ihrem Einzuge abgeschlossenen Waffenstillstandes, der noch dauerte, wieder geräumt ... und nun war alles still; die hochgetürmten Gewitterwolken lagen drückend aber unbeweglich über Schlesien, niemand wußte, wann und wo sie sich entladen würden. Ohne festen Plan, ohne besonnenen Willen, lediglich von panischem Schrecken (meine Pflegemutter nannte ihn den spanischen) gejagt, waren meine Damen entflohen. Der Furcht war ihr Recht geschehen, Gewohnheitstrieb und Bequemlichkeitssucht forderten jetzt das ihrige und sehnten sich wieder in die alten Mauern zurück.

Aber die Rückkehr war nicht so leicht zu bewerkstelligen. Einige Familien, die vor uns das gleiche versucht hatten, kamen unverrichteter Sache mit der Trauerpost zurück, daß ein militärischer Kordon aus russischen und preußischen Truppen gebildet, und an ein Durchdringen desselben auf keine Weise zu denken sei. Pässe, Certifikate aller Art, Rekommandationsschreiben der bedeutendsten Männer, alles dies hatte seine Wirkung verfehlt, und das Feldgeschrei hieß und blieb: zurück! Von denen, die in Landeck anwesend die Verhältnisse ihrer hohen Stellung wegen kennen mußten, erfuhren wir, daß Rücksichten der wichtigsten Gattung für jetzt diese strenge Maßregel geböten, und daß man sich fürs erste derselben stillschweigend zu fügen habe. Nichts lag näher, als dies in Demut und Ruhe zu thun und abzuwarten, was die nächsten Tage bringen würden. Aber das wäre ja *vernünftig* gewesen. Und dieses Wort war aus unserem Lebenswörterbuch durch eine diabolische Klaue ein für allemal ausgelöscht. Alle Menschen, selbst diejenigen, welche notwendige Geschäfte daselbst hatten, fanden sich in die Umstände und beschlossen zu warten. Nur wir, die wir in Breslau nichts weiter zu thun hatten, als was wir in Landeck thaten: *nichts,* wir setzten Himmel und Erde in Bewegung, dahin zu gelangen. Es grenzte wirklich an Wahnsinn. Die alten Freundinnen meiner Pflegemutter boten ihr Darlehn über Darlehn an, wenn es vielleicht Geldbedrängnis wäre, die sie forttrieb; man hatte Mitleid mit ihr bei dem Gedanken, daß sie von Kosaken angehalten, von Vorposten zu Vorposten geschleppt, zurückgebracht werden würde; – vergebens, wir *müssen* nach Breslau! blieb die undankbare Antwort auf die freundlichsten Anträge.

Breslauer Freikorps

Wir sitzen denn eines Abends beisammen, die Zeitungen sind gekommen, – Schaubert ergreift die erste Nummer, dem Datum nach, und ich fasse, um flüchtig darin zu blättern, nach einer spätern.

» *Napoleon Bonaparte ist in Frankreich gelandet*!«

Am 24. Januar 1815 hatte ich mein siebzehntes Jahr zurückgelegt.

Wer durfte mich halten?

*

Es fiel auch keinem ein. Der Baron war der erste, der mit Thränen im Auge, die ihm überhaupt leicht und willig flossen, und indem er sein »Kommuniongesicht«[6] anlegte, aussprach: »Ja, Karl, Du mußt mit!« Schaubert, schon von Anfang an unzufrieden über das dem Welteroberer gewordene milde Schicksal, geriet jetzt in erbitterten Zorn und labte sich nur an der Hoffnung, daß die Verbündeten, durch diese Erfahrung gewitzigt, wenn sie diesmal wieder seiner Herr würden, nicht so viel »Komplimente mit ihm machen« dürften. Daß dazu jeder, der noch die Kraft in seinen Gliedern spürte, mit helfen müsse, war seine lebhaft vertretene Ansicht, und er billigte meinen Entschluß. Soll ich sagen, was mich trieb? Ich muß es bekennen, die reine Begeisterung, die ich beim ersten Aufruf empfunden, empfand ich nicht mehr. Es mischten sich selbstsüchtige Beweggründe hinein, von denen ich mir wohl keine Rechenschaft gab, die aber endlich darauf hinausliefen, daß nach Beendigung des Feldzuges die Mittel schwer zu finden sein würden, mich aus fernen Landen nach Obernigk zurück zu zwingen. Dem Retter des Vaterlandes, dem jungen Helden konnte man nicht verwehren, seinen künftigen Beruf frei zu wählen. Freilich blieb der Patriotismus das Kleid, welches ich trug; die Nebengedanken waren nur in die Falten genäht, wie heimlich gehaltene Goldstücke.

---

[6] Ich hatte den guten, frommen Onkel, wenn er zum Abendmahl ging (in Schlesien sagt man kommunizieren), dieses in Andacht und Rührung aufgehende Gesicht zeigen gesehen, und wir wendeten daher den Ausdruck »Kommuniongesicht« immer an, wenn wir ihn bewegt und ergriffen erblickten.

Schaubert begnügte sich nicht, aus seiner Burg mich allein zum Heere zu senden. Er wollte auch den Nachwuchs der Gemeinde zu freiwilliger Anmeldung aufregen. Zu diesem Ende lud er mehrere Nachbarn zusammen, und es wurde ein Bankett gehalten, welches folgendermaßen beschloß: Wir zogen von Musik begleitet durchs Dorf, bis an den sogenannten Hechtteich. Dort war ein kleiner Scheiterhaufen errichtet, und auf diesem wurde Napoleon's Bildnis verbrannt, wobei ein Lied im Chorus abgesungen ward, dessen Verfasser zu sein ich die Ehre hatte. Die Schlußzeilen dieses Liedes kann ich der begierigen Nachwelt noch überliefern: Sie lauteten:

>»Und somit bleibt es beim Rechten,
>Jetzt Hecht, jetzt fahre zu Hechten.«

Die Asche wurde mit Besen in den Teich gefegt! Und wenn Trinksprüche, begleitet von tiefen Zügen aus großen Gläsern irgend Wirkung haben können, so durfte nach diesem unserm Autodafee an den Siegen der vereinigten Heere nicht mehr gezweifelt werden. Das erste, was mir not that, war eine gute Kugelbüchse; denn mit meiner Jagdflinte konnte ich den Franzosen keinen erklecklichen Schaden zufügen. Ich trug demnach dies an Menschenblut unschuldige Rohr in rascher Fußwanderung nach Prausnitz, einem Nachbarstädtlein, wo in der Person des Büchsen- und Uhrmachers *Kern* ein durch die ganze Umgegend bei allen Kugelschützen beliebter Gewehrhändler lebte. Dort geschah der Umtausch nicht ohne gewichtigen Zuschuß von meiner Seite, und ich hielt nun, nachdem ich Kugelform und Pulvermaß eingesteckt, die Mordwaffe in Händen, aus der ich nach bestem Willen und Vermögen auf die Söhne des schönen Frankreichs knallen sollte und wollte. Hocherhobenen Hauptes ging ich stolz durch das Thor von Prausnitz, als ob ich bei irgend einer Schlacht den Ausschlag schon gegeben hätte. Das Wetter war mild und heiter, die Luft frisch und rein. Ich tanzte die Straße dahin, die Büchse auf der Schulter, und dachte, so werden wir leichten Sinnes und frohen Mutes nach Frankreich wandern. Plötzlich fing sich die Sonne zu umwölken an, ein schneidend kalter Wind erhob sich, und noch hatte ich weit hin bis zu einem am Wege liegenden Kiefernwäldchen, als eines jener wilden Regenwetter, in welchem Hagel, Schnee und Wasser um die Wette toben, sich heftig entlud. Mein dünnes Röckchen war im Nu durchweicht, ich triefte wie ein gebadetes Schaf und klapperte vor Kälte. Dieses physische Unbehagen deprimierte meinen Mut gewaltig. Die Viertelstunde, welche ich unter dem wenig schützenden Kiefergebüsch zubrachte, ist eine derjenigen aus meinem Leben, welche sich am tiefsten mir ins Gedächtnis prägten. Ein solcher Übergang von zuversichtlichstem Vertrauen zu einer fast feigen Verzagtheit mußte mich erschrecken. Ich legte mir selbst allen Ernstes die Frage vor: ob ich denn auch gewiß vor dem Feinde meine Schuldigkeit thun würde, und ward von einer schrecklichen Angst befallen, daß ich trotz meines festen Willens doch vielleicht Angst bekommen könnte. Aber als der Himmel wieder blau, die Sonne wieder frei war, und ich wieder rüstig des Weges zog, sah ich auch nicht mehr schwarz und kam guter Dinge mit meiner gezogenen Büchse in Obernigk an.

Schaubert ließ die Freude sich nicht nehmen, den jungen Vaterlandsverteidiger mit seinen besten Braunen nach Breslau zu führen. Ein herzlicher und gerührter Abschied vom Baron und seinem dienenden Mentor, vom Verwalter Wallheim und dem alten Koch, von dem braven Förster Zacher und vom edlen Pastor Wolte, der mich liebevoll segnete, ging denn doch nicht ohne Thränen ab. Jeder gab mir guten Rat, nach seinem Sinne. Der Onkel ermahnte mich zu sittsamem Lebenswandel; der Pastor schärfte mir ein, auf dem Marsche nicht kalt zu trinken; der Förster, meinen Mann hübsch fest aufs Korn zu nehmen und seinem Unterricht keine Schande zu machen; der Verwalter und der Koch empfahlen mir, tüchtig Beute heimzubringen; Franz aber sagte gar nichts, als, indem er sich mit seiner dicken Hand die Augen wischte: »Schreiben Sie uns auch, wie's Ihnen geht!« –

Die ersten Erkundigungen, die ich in Breslau einzog, bestimmten sogleich meine Wahl, welcher Truppe ich mich anzuschließen hätte. Es hieß, daß der Hauptmann von Fock ein Freikorps bilde, welches unter seiner Leitung ins Feld rücken und den Namen »Breslauer freiwillige Jäger« führen werde. Das klang nach »Lützow's wilder verwegener Jagd!« und so ein kleiner schlesischer Körner zu sein, dünkte mir gar nicht übel. Ich ging denn also mit eiligem Schritt in das Bureau, welches der Hauptmann eröffnet hatte, und ließ mich einschreiben. Noch an demselben Morgen wurde ein Hirschfänger gekauft, an lackiertem Riemen übergehangen, und ein gewisses graues Röckel mit blauem Kragen versehen, – *ad interim*, bis der

Schneider die Uniform fertig hätte. Ein wenig verletzt war ich allerdings, daß mich im Bureau nur der Kompagnieschreiber empfangen und notiert hatte, und daß gar nicht die Rede davon gewesen war, mich meinem Chef zu präsentieren. Ich hatte mir auf dem Wege nach Breslau, in Schaubert's Korbwagen sitzend und künftige Größe träumend, meine Reception feierlicher, erhabener ausgemalt. Das beste bei der Sache schien mir, daß, da alles im Werden und ich einer der ersteren war, für jetzt noch keine Rede von militärischer Dienstpflicht sein konnte und eine Woche mindestens für mich und meine Freuden abfiel. Jetzt besaß ich volle Freiheit. Ein Schwert an der Seite, einen Kragen auf dem Rock, vielleicht bald auf dem Marsche, dem drohenden Tode entgegengeführt ... was hätte man mir verweigert? Ich erhielt Geld, so viel ich wünschte, und durfte thun, was ich wollte. Ich mag vielerlei Albernes und Lächerliches gethan haben, worüber ich heute nicht mehr im stände bin, Rechenschaft zu geben; aber das Lächerlichste in meinen Augen war, daß ich genötigt wurde, *mein Testament zu machen*. Ein, wenn ich nicht irre, für diesen Fall speziell erlassener Kabinettsbefehl berechtigte die ausmarschierenden Freiwilligen, zu testieren. Bei dieser Gelegenheit erfuhr ich erst, daß ich ein eigenes, mir von meiner leiblichen Mutter hinterlassenes Vermögen von 8000 Thalern besaß, welches fünf Prozent trug. Es waren also bisher jährlich 400 Thaler für meine Erziehung eingegangen. Das war mir ganz neu. Und es war wohl sehr gut, daß ich früher nichts davon erfahren, denn ich würde dann wahrscheinlich in meinen Forderungen nach Theaterzuschuß höchst unbescheiden gewesen sein. Als nun das Testament verfaßt werden sollte, bekam ich die romanhafte Idee, für den Fall glorreichen Todes auf dem Felde der Ehre *Natalie* zur Erbin einzusetzen, damit selbige nach meinem bedauerlichen Hinscheiden durch diese sehr edle Rache beschämt werden und bereuen möge, mich einem russischen Lieutenant hintangesetzt zu haben. Der Advokat, welcher von den Meinigen beauftragt war, meinem letzten Willen die Form Rechtens zu geben, redete mir das aus und wies mich auf die naheliegende Verpflichtung hin, an meine Stiefgeschwister, die Kinder meines Vaters aus einer zweiten Ehe, zu denken. Das war mir einleuchtend; ich gab nach, fügte meinen letzten Willen in des Justizrats ersten und setzte Bruder und Schwester zu Erben ein. Es freut mich wahrlich über die Maßen, daß ich doch einmal in meinem Leben das Vergnügen genossen, ein Testament zu machen,

Erben zu ernennen u.s.w., und daß ich weiß, wie einem Menschen zu Mute ist, der diesen hochwichtigen Akt vollzieht. Denn jetzt, obgleich dem sichern Grabe um so viel näher, bin ich beim besten Willen außer stande, die Sache noch einmal zu leisten, weil ich durchaus nichts zu »vermachen« habe.

Breslauer Maturität

Der Tag, wo ich mit manchen Leidensgefährten vor der akademischen Prüfungskommission erscheinen, und wo erwogen werden sollte, ob der ehemalige freiwillige Jäger würdig sei, das Maturitätszeugnis zur Aufnahme unter die jugendlichen Bürger der Breslauer Hochschule zu empfangen, kam heran. Kanngießer sprach mir Mut ein. Und dieser war nötig, denn im ganzen stand es schwach mit mir. Die Kommission war aus Gelehrten zusammengesetzt, deren größerer Teil bei der Universität als Professoren dozierte. Diese gerade gehörten zu der Partei der Ultraliberalen, der Turnfreunde, und von diesen durfte ich mir, meine vorherrschende Theaterrichtung erwägend, nicht die geringste Schonung versprechen. Im Gegenteil, ich mußte befürchten, sie würden es mit einem jungen Manne, der Korrespondenzartikel lieferte, Festspiele schrieb und aufführen ließ, Schauspielerinnen die Cour machte, sich hinter den Coulissen herumtrieb und zum Überfluß *Schall's* Schatten war, – Schall blieb aufs innigste mit der Gegenpartei verbunden, – so streng als möglich nehmen. Dem mündlichen Examen ging ein schriftliches voran. Das unvermeidliche *curriculum vitae* in lateinischer Sprache, einer unserer Mitexaminanden trieb seine frevelnde Vermessenheit so hoch, es griechisch abzufassen! – und nächst einigen geometrischen oder mathematischen Martern eine historische, die zugleich eine deutsche Stilaufgabe hieß, waren etwa die Hauptgerichte bei dieser Henkersmahlzeit. Die vom Professor *Kayssler* erteilte historische Aufgabe lautete: »Aus welchem Gesichtspunkte soll man Geschichte studieren?«

Wir wurden unserer zehn oder zwölf in ein Zimmer gesteckt, mit Schreibmaterialien versehen, die Thüren hinter uns verschlossen, und die Arbeit begann. Mein Lebenslauf nahm nicht viele Bogen ein. Bedenke ich, daß er genau so weit reichte, als ich hier bei Schilderung desselben Lebenslaufes in diesem ersten Bande meiner »Vierzig Jahre« stehe, so muß ich wohl bekennen, daß die lateinische Sprache geeigneter ist, sich kurz zu fassen, als die deutsche. Ich spendete unserem philologischen Prüfer nicht viel mehr Worte, als ich den Lesern dieses Buches Bogen gebe. Bei der Konzeption des *deutschen* Aufsatzes durchdrang mich urplötzlich eine erleuchtende Eingebung, von der ich heute noch nicht weiß, woher sie mir gekommen, wenn ich nicht annehmen will, daß der liebe Gott dem »Gott sei bei uns« erlaubt habe, sie mir einzublasen. Ganz meiner leichtsinnigen, unüberlegten Handlungsweise entgegen, fing ich an, mit diplomatischer Schlauigkeit zu berechnen, daß ich ein weites, unbegrenztes Feld vor mir hätte, mich bei der Mehrzahl der Examinatoren in ein günstiges Licht zu stellen, wenn ich mich jetzt in *ihre* Farben kleidete. Und ich setzte die rote Mütze auf und schrieb eine Anweisung nieder: »Aus welchem Gesichtspunkte man Geschichte studieren solle,« daß mir heute noch die Haut schaudert, wenn ich daran denke. Ja, ich ging in meiner Hinterlist so weit, mich Karl Holtei zu unterzeichnen und das arme Wörtlein » *von*« zu unterschlagen. Und bis zu *diesem* Grade können in Tagen aufgeregter Parteisucht tüchtige, gelehrte, *anerkannt edle* Männer sich selbst verblenden und verblenden lassen, daß sie auf solche Albernheiten einen Wert legen. Ich sah, – die Angst eines jungen Menschen, der nicht durchs Examen zu fallen wünscht, beobachtet scharf! – wie vor Beginn der mündlichen Prüfung mehrere der Herren, die schriftlichen Aufsätze durchgehend und leise mit einander plaudernd, ihren Finger auf die Stelle legten, wo das »von« fehlte, und eine billigende Äußerung pantomimisch folgen ließen.

Das Resultat des mündlichen Examens, bei welchem glücklicher Weise der mit Kanngießer streng durchgearbeitete Horaz an die Reihe kam und im Griechischen Vater Homer sich gnädig erwies, war erträglich, mit Ausnahme der Geschichte, in der ich als überschwenglicher Schafskopf umherirrte. Da, wo ich etwa zu Hause gewesen wäre, besonders in der alten Historie, klopften sie nicht an, und da, wo sie mich finden wollten, in den Verhältnissen der kleinen italienischen Staaten, war ich so vollkommen unwissend, daß dem guten Kayssler aus Teilnahme für mich förmlich dicke Schweißtropfen auf die Stirn traten. Summa Summarum, ich wurde für reif erklärt und bekam das ersehnte Maturitätszeugnis mit einer Nummer II.

Unter dem Rektorate des Professors *Madihn*, eines alten, durch seine cynischen Witze berühmten Juristen, empfing ich die Matrikel, und der brave Professor *Jungnitz*, der Direktor der Sternwarte, p. t. Dekan der philosophischen Fakultät, händigte mir die Schutz- und Sicherheitskarte des akademischen Bürgertums ein.

Frese, der Pedell, dieser ehrwürdige, bis in die Wolken ragende Ruinenturm aus der Vorzeit Berliner Garden, legte mir die Hand auf die Schulter und sprach: »Nu iss Aliens jut und in Ordnung!« So wäre ich also »Breslauer Bursche!« Und eine neue Welt thut sich vor mir auf.

Schriftstellerische Anfänge

Ich glaube, zu jener Zeit erst war es, wo Lewald's belletristisches Journal, von welchem ich in diesem Bande schon gesprochen, ins kurze Leben trat. Ich unterstützte die verehrte Redaktion durch mancherlei lyrische Beiträge.

Ich war überhaupt lyrisch sehr produktiv, und alle Sorten von Versformen entflossen mir täglich, ja stündlich. Leider jedoch fehlte diesen reichlichen Ergüssen, wenn ich ihnen auch eine gewisse leichte Gewandtheit nicht absprechen darf, doch gewöhnlich der Ausdruck individueller Gesinnung, das Charakteristische, nicht nur dem Inhalte, nein sogar der Form nach. Was ich gerade gehört, gelesen hatte, das suchte ich nachzuahmen, was meiner flüchtig aufgeregten Phantasie zusagte, das besang ich. Und so machte ich auch, wahrscheinlich meinen langen Haaren und meinem sehr geringen Anteil an den weltumwälzenden Plänen der deutschen Burschenschaft zu Liebe, eine ganze Serie von sogenannten Turnliedern, in denen ich wacker auf die Deutsch-Franzosen, auf ihre welschen Sitten und verweichelnden Gebräuche schimpfte, die Turner mit den alten Griechen verglich, das Heil des Vaterlandes auf den Turnplätzen suchte! – Alles dieses, ohne jemals auch nur einen Fuß auf den Turnplatz gesetzt zu haben. Ganz ohne Geschick mögen diese Lieder vielleicht nicht gewesen sein, weil, was die liebe Eitelkeit mich wohl bis heute im Gedächtnis bewahren ließ, ihre Weise bei mehreren jener Partei Anerkennung fand. Der wackere, wohlwollende und gelehrte Freund *Hänisch*, dann Gymnasialdirektor zu Ratibor, tadelte nur, daß sie für Popularität zu didaktisch gehalten wären, unbedingter war das Lob, welches *Massmann* ihnen spendete, als ich sie diesem Vorturner aller Vorturner mitteilte, der mir einmal die Ehre gönnte, auf »meiner Kneipe« mit einigen anderen Kommilitonen zu einem Glase Champagner einzukehren, wobei wir nicht unterließen, weidlich auf Frankreich zu schimpfen, und den Goethe'schen Trinkspruch, vom echten deutschen Mann, den Franzen und ihren Weinen, redlich handhaben.

Daß die Turner vom Jahre 1818 in der zum Theil gerechten Begeisterung für ihre Sache den Spott und Tadel, der die damit verbundene Tracht aus dem Munde anders Gesinnter treffen mochte, frisch, frei, fröhlich und fromm ertrugen, ja, daß sie mitunter ein von *Stolz* nicht entferntes Gefühl des Märtyrertums damit verbanden, war erklärlich und mit etwaigem Vorbehalt gegen arrogante Übertreibungen vielleicht löblich zu nennen. Daß ich aber, der mit der Sache gar nichts weiter zu thun hatte, vielmehr ihr fern stand in jeder Beziehung, Affe genug war, gerade das Nutzloseste, das Kindische, »die Livree des Deutscht *ums* und Deutsch *thuns*« zu kopieren, das verdiente wohl einen strengen Verweis, den ich mir hierdurch feierlichst erteilt haben will, wenn auch etwas spät. Um hier, wo ich einmal von meinen poetischen Verhältnissen *zur* und meinen poetischen Sünden *gegen* die Burschenschaft rede, bald reinen Tisch zu machen und mir keine nachträgliche Demütigung zu ersparen, darf ich nicht unerwähnt lassen, daß ich nicht nur mehrere, auch nicht turnerische, Kommerslieder zu verfassen und bei feierlichen Gelegenheiten vorzulegen, sondern daß ich sogar wagte, mich der »Redaktion eines Breslauer Kommersbuches«, die mir leichtsinnig übertragen worden, noch leichtsinniger zu unterziehen und demnach einen Wechselbalg zustande brachte, der das Vertrauen der *in pleno* subskribierenden Viadrina schmählich täuschte. Jenes Kommersbuch, welches bald für so schlecht und unbrauchbar erfunden wurde, daß es schon einige Jahre nach seinem Erscheinen mit einem andern, besser redigierten vertauscht werden mußte, litt an dem Hauptfehler, keine durchaus entschiedene Farbe zu tragen; es enthielt in willkürlich zufälliger Vermischung die alten barbarischen Studentenlieder neben den neuen frommen Burschenschaftsgesängen, Goethe und Novalis, Philander von Sittenwald und Arndt ... alles durcheinander, wie der Hirte die Herde treibt. Daneben prangten, womit ich mir damals nicht wenig wußte, neue, extra für diese Sammlung verfaßte Lieder von van der Velde, Lewald, Rudolf vom Berge, Geisheim, Schall, Grünig, mir und anderen, sämtlich wenig geeignet, in ihrer Absichtlichkeit populär zu werden. Das Buch fiel so entschieden durch, es erschien übrigens erst später, als in dem Winter, in dessen Schilderung wir uns jetzt befinden, daß sogar meine vertrautesten Freunde nicht wagen durften, es der öffentlichen Meinung gegenüber zu verteidigen. Ich hatte Gewalt genug über mich selbst, den tiefen Schmerz, den diese Niederlage auf mich machte, zu verheimlichen und hinter scheinbarer Gleichgültigkeit zu verbergen. Heute jedoch will ich und zwar zum erstenmal offen bekennen, daß mir dieser mein litterarischer Fehlgriff mehr zu Herzen gegangen ist, als irgend einer seiner zahlreichen Nachfolger, ja ich will sogar bekennen, daß ich, als vielleicht fünfundzwanzig Jahre nach Erscheinen des Buches mir beim Ordnen meiner Bibliothek ein Exemplar desselben unerwartet in die Hände kam, nicht den Mut besaß, es zu durchblättern, sondern den stummen Zeugen jugendlicher Übereilung ungelesen in den Ofen schob. Unerklärlich bleibt es mir heute noch, warum ich bei meiner Unkenntnis althergebrachter Sitten und Formen des Studentenwesens und bei meinem Mangel an Erfahrung, – die ja doch ein »Fuchs« unmöglich haben konnte! – nicht den Beirat älterer Burschen zur Anordnung des Kommersbuches erbat! Noch unerklärlicher, daß diejenigen, welche an unserer Spitze standen, mir nicht die Pflicht auferlegten, etwas dergleichen zu thun! Man ließ mich eben gewähren, versprach sich von meinem Geschmack goldene Berge und war desto unwilliger erstaunt, sich gänzlich getäuscht zu finden. Jene ungeduldige Hast, in kindischer Zuversicht irgend eine vorgesetzte Arbeit abzuthun und ohne Spur von Besonnenheit blindlings mit krankhaftem Eifer daran zu gehen, hat mir gar vieles im Leben verdorben oder doch verkümmert, was bei reiferer Überlegung einen besseren Ausgang genommen haben könnte. Auch als Mann habe ich mir sehr oft dadurch geschadet. Ich mußte das Alter erreichen, in welchem, wie man sagt, die Schwaben klug werden sollen, um die Weisheit nur einigermaßen üben zu lernen, ohne die jede Selbstkritik zu spät kommt.

Theatralisches Debüt

Am 5. November sollte ich debütieren. Mein Gönner, der Regierungsrat, hatte auf Schall's Vorschlag veranlaßt, daß einige Tage vor der wirklichen Theaterprobe eine Nachmittagsprobe privatim nur vor einem kleinen Kreise wohlmeinender und beratender Freunde und Freundinnen vor sich gehen sollte, wo ich einige Scenen durchspielte, hauptsächlich um die Hörer prüfen zu lassen, ob ich deutlich und verständlich reden würde. Das lief denn ganz erträglich ab, bis auf den Auftritt im vierten Akte, wo Mortimer, von Marias leiblichen Schönheiten und ihren Erdenreizen besiegt, einige Male vergessen zu wollen scheint, daß er ein idealistischer Schwärmer ist. Diese Ausbrüche wilder Sinnlichkeit mußten mir mißlingen. Nicht etwa weil meine Maria, die ich bei den häufig vorangegangenen Zimmerproben im schmutzigsten Negligee kennen gelernt, nicht im stande war, mich irgend zu begeistern, sondern einfach, weil die nur einigermaßen erträgliche Darstellung jener Scene schon eine höchst schwierige Aufgabe für einen vollendet routinierten Schauspieler bleibt, und weil sie für einen Anfänger nicht etwa noch schwieriger, nein, weil sie ihm schlechthin *unmöglich* ist. Wo muß doch Schall seine Beurteilungskraft gelassen haben? War sie ganz im Entzücken für die Catalani untergegangen?

An allerlei Bemerkungen über mein Spiel fehlte es nicht, weder in den Privatproben, noch in den wirklichen Theaterrepetitionen, weder von Freunden außer der Bühne, noch von Schauspielern. Aber ich wüßte nicht, daß mir etwas Praktisches zugekommen wäre, was ich hätte in mich aufnehmen und benützen können, auch aus Schall's Munde nicht. Es waren eben allgemeine, sich zum Teil unter einander widersprechende Bemerkungen, die eigentlich darauf hinausliefen, daß ich, um ihnen zu genügen, ein anderer Mensch hätte werden, eine andere Persönlichkeit hätte anlegen müssen. Ach, und laufen nicht leider die meisten Theaterkritiken darauf hinaus?

Und der große Tag erschien. Ich sah den Zettel kleben, der meinen Namen trug. Ich ging beim Verkaufsbureau vorüber und vernahm, daß schon seit gestern keine Loge mehr zu haben war. Ich kam auf die Hauptprobe und fühlte mich vollkommen sicher. Ich blickte Nachmittag vor drei Uhr aus meinem Fenster auf die Gasse und sah die Menge, die sich vor der noch uneröffneten Eingangspforte drängte und stieß. Mich überkam so etwas von den Empfindungen derjenigen, denen die Henkersknechte Bahn zu machen genötigt sind durch Haufen von Zuschauern, welche sich eben auch ihrethalben versammelt haben. Ja, je näher die Stunde rückte, desto hinrichtungsartiger wurde mir ums Herz. Hoffnung, Freude, Ungeduld, Selbstvertrauen und Mut entschwanden eins ums andere, und als ich endlich den Weg nach der Garderobe antrat, hätte mir der Beichtvater an meiner Seite gar nicht übel gethan.

Der Garderobengehilfe *Müller* half mich aus einem mageren, spießigen Jüngling in einen wohl proportionierten, mit Sammet ausstaffierten Mortimer verwandeln. Als mein blasses, langes Gesicht durch ein sauber aufgelegtes Schnauzbärtchen abgetheilt, und der Raum zwischen Backenknochen und Augen mit frischem Rot hervorgehoben war, sah ich, wie aus den Händen eines Zauberers hervorgegangen, so völlig anders aus, daß alle Schauspieler in der Garderobe ihre beifällige Teilnahme laut werden ließen, und als ich mich vor den Spiegel stellte, gefiel ich mir selbst. Über mein Spiel weiß ich wenig zu sagen. Wie ich es mir ins Gedächtnis zurückzurufen vermag, ist es eben das eines steifen, ungelenken Anfängers gewesen, der einmal die rechte, einmal die linke Hand erhebt, einen Schritt vorwärts, einen Schritt zurück macht und mit völlig unausgebildetem, jedes festen Grundtones ermangelndem Organ seine sicher auswendig gelernte Rolle nicht ohne Feuer, doch aber ohne geistiges Leben hersagt. Ich empfand sogar in mir selbst, wie schlecht ich es machte, und dadurch wurde es natürlich immer schlechter. Wie konnte es anders sein? Um aus einem denkenden und fühlenden Menschen, – wie ich es allerdings war, – auch ein *darstellender* zu werden, – wie ich es sein wollte, – ist unumgänglich ein Prozeß im Innern notwendig, von dem bis jetzt noch niemand eine genügende Beschreibung zu geben vermochte. Alles, was ich bisher über diesen merkwürdigen Gegenstand las, auch wenn es von Praktikern herrührte, blieb mir unklar und weit hinter dem zurück, was ich ahne, aber auch nicht auszudrücken vermag. Doch das gehört nicht hierher. Hier reicht die Bemerkung hin, daß ich jenes lebendige Behagen, welches mich schon bisweilen bei den Grafenorter Darstellungen durchströmt und mich mit dem Bewußtsein einer schaffenden, reproduzierenden Kraft erfüllt hatte, auf den Breslauer Brettern gänzlich vermißte; daß ich, weit entfernt davon, mich auch nur auf einen Augenblick für Mortimer halten zu können, ebensowenig im stande war, die Mittel anzuwenden, die zur Täuschung der Zuschauer nötig gewesen wären. Ich kannte sie sehr wohl, diese Mittel, kannte sie aus jahrelangen Anschauungen guter und schlechter Aufführungen, kannte sie aus eigenen, sorgsamen Studien und Exercitien, ja, was noch mehr ist, ich sah sie vor mir, außer mir, während ich spielte, sprach, schrie, rang und mich abquälte; sah sie, – und konnte sie nicht fassen, wie man im bangen Traume Schätze sieht, die man mit bleiern-schweren Gliedern nicht zu erreichen vermag. Es war ein Zustand der nüchternsten Klarheit. Jede Spur von Angst war verschwunden, als ich einmal zu sprechen begonnen. Ich hörte, ich vernahm mich selbst. Meine Stimme klang mir hohl und seelenlos. Meine Beine waren mir im Wege, die Arme baumelten mir wie Würste am Leibe herab. So lange ich zu reden hatte, blieb ich noch gefaßt. Wenn Maria begann und ich ihr zuhören sollte, war ich völlig ratlos. Die aufmerksame Stille des überfüllten Hauses war furchtbar. Sie wirkte narkotisch. Ich befand mich auf Augenblicke, auf halbe Minuten ganz und gar in dem Zustand, der einem festen Schlafe vorangeht, und ich würde, – so unglaublich dies klingen mag, – wahrscheinlich auf der Bühne stehend eingeschlafen sein, wenn mich das Stichwort nicht immer wieder erweckt hätte. Dennoch empfing ich schon in der ersten Scene einen Applaus. Meine voreilige Eitelkeit hatte denselben bereits nach Mortimers römisch-katholischer Übertrittsrede gehofft, wo er jedoch ausblieb. Dann aber, nach den Worten:

> »Und die Empörung mit gigant'schem Haupt
> Durch diese Friedensinsel schreiten, sähe
> Der Brite seine Königin!«

ließ Schall, dessen Accent ich aus Tausenden hervorzuhören vermochte, ein teilnehmendes »Bravo!« vernehmen, welchem allsogleich 300 Universitätsfreunde das ihrige donnernd nachfolgen ließen. Auch beim Abgange fehlte es nicht. – Und dennoch war ich gerichtet. Ich empfand es in meiner Brust. Ich war kein Schauspieler.

Meine Rolle ging zu Ende. Mortimer stach sich tot, entkleidete sich, – und Holtei verließ das Haus, während die letzten Akte ihren langsamen Weg nahmen. Zuerst begab ich mich zu meiner Pflegemutter, welche ihre Winterherberge »auf der Hummerei« bereits bezogen und nun, um 9 Uhr, mit ihrer Zofe in voller Gebetarbeit saß. Ein eigenes Genrebild: die alte, betschwesterliche Frau, arme Witwe eines reichen Barons, früher Herrin eines großen, glänzenden Hausstandes, fast blind, in dürftiger Umgebung, bei kümmerlichem Lampenlicht, von Gebetbüchern und Bibelspruchkasten eingeschlossen; vor ihr ein junger Mann, als Kind zu großem Besitz, vornehmer Stellung bestimmt, jetzt, als schon verunglückter Gaukler, sein bleiches Angesicht von halbverwischter Schminke gerötet und eifrig bemüht, ihr den Glanz eines Erfolges zu rühmen, an den er selbst nicht glaubte! Es war eine garstige, düstere Stunde, eine der trübsten in meinem trüben Leben. Mochte die Alte noch so albern erscheinen, dumm war sie nicht. Und das bewies sie auch hier, wo sie trotz meiner lebhaften Schilderung des lebhaften Beifalls doch mit scharfem Urteil ergriff, was daran unecht schien. »Du hast halt die Studenten für Dich,« sagte sie.

Als ich meine stille Wohnung suchte, schien eben der Vorhang nach dem fünften Akte der unsäglich langen Tragödie gefallen zu sein, und während ich den Nachtschlüssel in die Thüre des längst geschlossenen Töpferhauses stecken wollte, vernahm ich von gegenüber das brüllende Herausrufen, in welchem mein Name deutlich vorklang. Bescheidener Klugheit angemessen wäre es natürlich gewesen, ruhig zu öffnen, unbekümmert um das Geschrei über die finstre Stiege zu schreiten, mich demutsvoll auf mein Lager zu werfen und jeder eitlen Thorheit zu entsagen. Doch so vernünftig war ich leider nicht. Meinen Hausschlüssel in der Hand, sprang ich quer über die Straße, war mit zehn Schritten auf der Bühne und kam eben zurecht, um vom Inspizienten, der, sich nach dem Abendbrote sehnend, mich und Schiller verfluchte, hinausgeschoben zu werden. Feierlichst trat ich vor, eine Rede zu halten, die mir schon seit vielen Jahren auf den Lippen schwebte. Als ich beginnen wollt, riefen mehrere Stimmen laut und vernehmlich nach *Anschütz*, der als »Lester« den Sieg des Abends davon getragen. Maria Stuart war schon vor mir mit allen möglichen Triumphen bedacht und entlassen worden. Ich erbebte, verlor aber doch die Fassung nicht, sondern sah starr ins Parterre, in welchem es nun unruhig wurde, und wo verschiedene Rufe pro und kontra sich erhoben. In dieser Spannung hörte ich sehr deutlich, wie Baron Reitzenstein auf Zedlitz, ein alter Freund unseres Hauses, in der Eckloge dicht am Theater zu seinem Nachbar sagte: »Herr Gott, jetzt kommt der bittere Moment!« Diese Worte einer aus meiner Kindheit mir vertrauten Stimme ermutigten mich wieder. Ich trat noch einen Schritt weiter vor und hielt meine Rede, in welcher »Anfänger, – Nachsicht, – Fleiß, – Ausdauer, – Vaterstadt« – wie Brocken in einer dünnen Brühe umherschwammen.

Künstlerleben in der Provinz

Wir hatten unseren Lohnfuhrmann bis Liegnitz angenommen; dort wurden wir überrascht durch die Nachricht, daß ein Gesetz existiere, welches entschieden untersage, Reisende vor Ablauf von drei Tagen weiter zu befördern, weil derlei Beförderung unter die Vorrechte der Postanstalten gehöre. Wir standen verblüfft und erschreckt. In Liegnitz schon aufzutreten, paßte nicht in unseren Kram, es war uns noch zu nahe an Breslau. Anstatt nun Extrapost zu nehmen, worauf wir in unserer Dummheit nicht kamen, mußten wir mit dem Breslauer Kutscher aufs neue unterhandeln und ihn, da er uns in seinen Händen sah, unsinnig teuer bezahlen. Ich erwähne diesen dem Leser gewiß sehr gleichgültigen Umstand nur, um anzudeuten, wie ratlos ich noch in der Welt, wie unerfahren im Leben stand, und wie ich mir so ganz und gar nicht zu helfen wußte. Bei meinem Reisegefährten war solche Unerfahrenheit verzeihlich, denn er hatte noch keinen Weg gemacht als von Glogau bis Breslau. – Aber ich! der Deutschland retten helfen – wollen!

*

An einem Sonnabend Nachmittag langten wir in Flinsberg an, wo unser erstes Geschäft war, die polizeiliche Erlaubnis zu unseren Künsten nachzusuchen und aus dem Koffer die für solchen Zweck bereits in Breslau auf Vorrat gedruckten Anschlagezettel zu nehmen, um gewisse leer gelassene Stellen mit Tinte auszufüllen. Wir unterzogen uns diesen niedrigen Handwerksvorbereitungen, ich wenigstens, mit einer so freudigen Empfindung, als ob sie noch so poetisch wären.

Sonntag klebten unsere Zettel an Bäumen und Pfählen, und wir zwei saßen vor dem Fremdenhause im schönsten Sonnenschein, Vogelstellern ähnlich, welche jeden vorüberziehenden Leser unseres Programms wie einen Vogel betrachten, der ihnen ins Garn gehen soll. Den Nachmittag brachten wir schlafend zu, – vielleicht um den Kummer zu verschlafen, den uns der Gedanke, daß noch kein Billet geholt sei, erregen mußte. Abends um 6 Uhr saßen wir an der Kasse vor dem Saale, wo bereits die Stühle für ein zahlreiches Auditorium im Halbkreise standen. Doch das Auditorium blieb aus. Keine Seele ließ sich blicken, kein Vogel wollte sich fangen. Nur der

Kellner flatterte um uns her mit dem schwermütigen Gesang, der uns verkündete, daß die ganze Bade- und Brunnengesellschaft, worunter viele vornehme Leute, eine Lustpartie »zum grünen Hirten« gemacht habe. Da klappten wir unsere kleine Kassette mit den nagelneuen, ungebrauchten Eintrittskarten wieder zu, schlossen die Thüren des Saales und begaben uns, ich den Kasten, Julius die Guitarre unterm Arme, still und stumm nach unserem Zimmer, wo wir uns dann auch ohne weiteres begannen auszuschälen, um die Staatsgewänder mit Schlafröcken zu vertauschen. Doch ehe wir uns noch völlig entkleidet, stürzte der Kellner mit dem Jubelrufe: »Sie kommen!« zwischen uns. – »Wer kommt?« – »Die Herrschaften, alle, sie wollen in den Saal!«

*

Noch war es möglich, die zerstörte Toilette in kurzer Frist wieder herzustellen und beizeiten den Harrenden die Pforten zu öffnen. Sie hatten sich denn auch redlich eingefunden, und was in dieser Saison zur Flinsberger »Gesellschaft« gehörte, war gegenwärtig. Mein unheilbringender Scharfblick ließ mich in den meisten Gesichtern, die bei uns vorüberzogen, den unverkennbaren Ausdruck höhnischen Zweifels an unseren Gaben wahrnehmen. Natürlich war mein Name, als der eines in Breslau halb verunglückten Schauspielers, auch in diesen Kreisen bekannt genug, und von meinem Gefährten konnte niemand etwas Besseres wissen, als daß er eben *mein* Gefährte war. Diese Stimmung schien nichts weniger als günstig.

Der Saal war gefüllt, – ich begann. Die Hörer hatten das schlechteste erwartet, und sie fanden sich getäuscht. Freudige, teilnehmende Überraschung that sich unverhohlen kund. Meine Gedichte und der natürliche Vortrag derselben wirkten günstig. Rochow's Gesang entzückte. Seine Stimme war jung und frisch; er sang die kleinen Lieder mit Gefühl und Ausdruck. Wir wurden mit Beifall überschüttet. Als wir geendet, drängte man sich um uns. Alt und jung zog uns ins Gespräch, die Unterhaltung währte bis in die Nacht. Auf meine Äußerung, daß wir am nächsten Tage bis *Liebwerda*, einem Bade in Böhmen, reisen wollten, erbot sich Baron *Rudolf von Stillfried*,[7] ein sehr freundlicher junger Mann, uns einen Empfeh-

---

[7] Meines Wissens der nämliche, der später die Statuten oder die Geschichte des Schwanenordens geschrieben.

lungsbrief an den Schwiegersohn des alten Grafen Clam-Gallas, des Besitzers von Friedland und Liebwerda, mitzugeben, den er uns auch noch vor Mitternacht in unser Dachstübchen brachte. In Wonne gewiegt schlummerten die Sänger selig ein, in meine Träume klang der Beifallsruf der schönen Gräfinnen und anderen Damen.

Zeitig genug langten wir in Liebwerda an, um vom Kammerdiener des Grafen Clam zu vernehmen, daß Se. Excellenz samt Familie noch beim »Fruhstuck« wären, und daß wir ihn nicht eher sprechen könnten, als bis er von dort in seine Gemächer zurückkehren würde. Man placierte uns in eine Art von Korridor oder Vorflur, wo wir, den günstigen Moment abzuwarten, angewiesen wurden. Rochow fand die Scene komisch, in mir aber regte sich ein Gefühl zwischen Beschämung und Zorn; ich hielt es meiner unwürdig, wie ein Bettelmann auf solche Weise behandelt zu werden. Bevor mein Ingrimm noch zum Ausbruch kam und einen raschen Entschluß veranlassen konnte, erschien der alte Graf. Er nahm meine fest an ihn gerichtete Frage, ob wir die Ehre haben könnten, in Liebwerda eine Soiree zu geben, teilnahmlos hin und fertigte mich mit einem nicht unfreundlichen, doch kurzen »Nein« ab, indem er noch hinzufügte: »Wir haben Theater hier, und ein Deklamatorium ist nicht ›unterhaltlich‹.« – Da standen wir und starrten ihm nach! Rochow schlug eine laute Lache auf, wegen welcher der Sr. Excellenz nachfolgende Kammerdiener uns einen Drohblick zurückschickte. Endlich lachte ich auch, und lachend suchten wir das Freie. Unten angelangt, ging ich aus dem Lachen ins Fluchen über. »Also das«, rief ich aus, »ist der berühmte Mäcen, der große Gönner aller Künstler, das ist derselbe Graf Clam, der in Prag einem adligen Gesellschaftstheater vorsteht, und in dessen Hause alles heimisch ist, was Talent zeigt? Nun so schlag« – – Rochow unterbrach mich mit der richtigen Bemerkung, der Mann sei gründlich zu entschuldigen, da gewiß das verworfenste Gesindel ihn täglich überlaufe, und da er, ohne irgend etwas von uns zu wissen nach der Art unserer durch den Kammerdiener angeordneten Präsentation, unmöglich einen günstigen Begriff von uns habe gewinnen können. »Hätten wir nur wenigstens«, setzte er hinzu, »den Brief vom Baron Stillfried vorher abgeschickt!« Diesen Brief hatte ich ganz vergessen. Ich nahm ihn aus dem Portefeuille, und während ich die Adresse noch einmal studierte, trat ein stattlicher Mann, in welchem trotz seiner bürgerlichen Kleidung der Offizier sogleich zu erkennen war, aus dem Schlosse. Ich ging auf ihn zu, mit der Frage, wo wohl Graf Nostitz zu finden sei. »Der bin ich«, war die Antwort. Ich überreichte mein Schreiben. Nachdem er flüchtig gelesen, fragte er: »Sie wünschen meinen Schwiegervater zu sprechen?« Ich stattete Bericht ab von der bereits gehabten Morgenunterhaltung. Der Graf schwankte zwischen Lächeln und Verlegensein, erkundigte sich nach unserer Wohnung und schied von uns, mit raschem Schritte ins Schloß zurückkehrend.

Na, das wird auch zu nichts führen, meinten wir beide, begaben uns nach dem Gasthofe, bestellten unsere Küche für den Mittag, einen Wagen für den Nachmittag und waren fest entschlossen, den Staub von unseren Stiefeln zu schütteln und fürbaß zu wandern. Bei trüben Stimmungen habe ich stets geliebt, zu singen, oder, – wenn ich es haben konnte, – singen zu hören. Ein Besuch störte uns. Es war der Direktor der kleinen Schauspielertruppe, die in Liebwerda unter gräflicher Protektion ihr Wesen trieb. Ihm war » *anbefohlen*«, sich mit uns über eine zu gebende Abendunterhaltung zu einigen, die im Schauspielhause stattfinden sollte. Er entledigte sich dieses Auftrags mit vielen Bücklingen und sichtbar besorgt, welche Forderungen wir machen würden. Dieses Auskunftsmittel schien mir fast noch kränkender, als der Empfang am Morgen. Ich sagte dem armen Teufel, wir wären bereit, seinen Vorschlag anzunehmen, aber nur unter der Bedingung, daß die *ganze Einnahme*, – hier hielt ich inne, und er hörte auf zu atmen, – ihm *allein* gehöre! Wir machten auf nichts Anspruch! – »Und dies müsse«, fügte Rochow hinzu, »auch auf dem Zettel vermerkt sein.« »Alles, wie Ew. Gnaden schaffen«, – weiter vermochte der Prinzipal in seiner Freude nichts zu entgegnen, – und er eilte, seine Anstalten zu treffen. »Das sei unsere Rache!« sagte ich zu Rochow. – Unser Diner wurde serviert, wir aßen und fühlten uns groß. Mittlerweile hatten die Leute im Gasthofe Wind bekommen, daß wir »Künstler« seien; der altersgraue Kellner nahm allsogleich einen anderen Ton an, er wurde vertraulich, gesprächig, witzig; er weihte uns in tausend kleine Verhältnisse der gräflichen Familie ein; er erzählte uns von Prag, wo er im Winter zu amtieren pflege; er brachte uns die besten Bissen und brannte vor Neugier, zu erfahren, wie er mit uns daran sei, und *was* wir eigentlich unseres Zeichens, ob wir simple *Künstler* oder ob wir wirkliche *Spieler* wären. Mit jeder Schüssel, die er heraufbrachte, – denn wir standen in den Jahren, wo man zur Not einen ganzen Speisezettel durcharbeitet, – kam er freundlicher. Gegen Ende unseres Essens vernahmen wir unten, vor und in dem Hause Geräusch von Wagen und Kommenden, – wir warfen einen Blick durch die geschlossenen Jalousieen, – und was sahen wir? Den größten Teil unseres gestrigen Auditoriums! Flinsberg war uns nachgefolgt, um uns noch einmal zu hören. Über, neben, um und unter uns ward es jetzt lebendiger. Thüren gingen auf und zu, Dienstboten liefen treppauf, treppab – unsertwegen! Welch' ein Gefühl!

Der Kellner bringt den Kaffee. Sein Auge glänzt, sein faltenreiches Antlitz drückt ungeheuchelte Verehrung aus. Er hat den Flinsbergern entlockt, was sie *heute* nach Liebwerda führte. »Ach!« ruft er begeistert aus: »Meine Herren, Se hab'n an'n Ruf, an'n schröcklichen!«

Dieser »schreckliche Ruf« bestätigte seine Wirkung, denn das verhältnismäßig gar nicht kleine Theater war angefüllt. Wir behaupteten auch unsern Ruf, denn wir ernteten »schrecklichen« Beifall. Doch entging mir nicht, daß der Sprecher in der öffentlichen Gunst hinter dem Sänger zurückbleiben müsse. Als wir geendet und ich in einem zarten Epiloge sämtliches Auditorium aufs »Wiedersehen im Lande ewiger Lieder« verwiesen, als wir den Dank der Schauspieler, – diese hatten ein kleines Stück gespielt, – für die ihnen überlassene, durch den Flinsberger Zufluß angewachsene Einnahme empfangen, als wir uns endlich auf den Weg machten, tauschten wir gegenseitig die Meinung aus, es wäre doch klüger gewesen, unsere Großmut zu halbieren und wie billig mit den Schauspielern zu teilen, da jene an der Hälfte für ihre Verdienste und Ansprüche hinreichend genug, wir aber einen brauchbaren Zuschuß zur Reisekasse haben würden. Es war zu spät, und wir schickten uns an, die Brücke zu überschreiten, welche über den kleinen rauschenden Bergbach führt, an dem das Theater zu Liebwerda steht. Im Dunkel des Abends erblickten wir jenseits eine Gestalt, die uns entgegen trat; auf dem Steige trafen wir zusammen. Es war der Graf, der den Empfehlungsbrief uns des Morgens abgenommen. »Meine Schwiegereltern und alle«, hub er an, »lassen Ihnen sagen, daß Sie Ihnen große Freude gemacht haben, und der Vater läßt Sie auf morgen einladen, um den Empfang von heute früh wieder gut zu machen.«

Es lag eine unverstellte Herzlichkeit, die heute noch in *meinem* Herzen nachklingt, in jenen Worten. Wir hätten sehr wohl gethan, der ehrenhaften Einladung Folge zu leisten. Aber wir trotzten noch ein bißchen und schoben erlogene Abhaltungen vor, die uns nötigten, mit Anbruch des nächsten Tages weiter zu reisen. »Nun«, sagte der Graf: »Wenn Sie *müssen*, so reisen Sie, Sie werden überall willkommen sein! Vielleicht führt Ihr Rückweg Sie in unsere Gegend.« – Er ging, und indem er sich zum Gehen wendete, fühlte ich etwas von schwerem Gewicht in meinen Hut fallen, den ich während des Gesprächs in der Hand gehalten. Es war ein Paketchen, die verschiedensten Goldstücke, wie sich bei häuslicher Untersuchung ergab, an Form und Wert verschieden, enthaltend. Offenbar hatte der Chef der gräflichen Familie, wie aus den unter sich harmonierenden Goldmünzen hervorging, diese schon ganz anständige Summe mit ins Theater genommen, um sie uns zustellen zu lassen. Während wir deklamierten und sangen, hatte er, Gefallen an uns findend, beschlossen, das uns zugedachte Honorar mit seiner Teilnahme steigen zu sehen, und zu diesem Zwecke war von den Angehörigen eine allgemeine Goldlieferung ausgeschrieben worden, die in ihrem bunten Gemisch ein freudiges Zeichen günstigen Erfolges gab und den etwaigen Verlust der Tageseinnahme an der Kasse zehnfach aufwog. Ich muß es bekennen, daß kein Geld, welches ich im Laufe meines Lebens und Treibens erwarb, mir so viel innerliche Freude gewährt hat, als dieses kleine Münzkabinett, und daß der Abend in Liebwerda noch immer einen poetischen Nachglanz auf die Tage meiner Jugend wirft.

Für mein Leben gern möchte ich jetzt noch einmal die Städte und Städtchen besuchen, die wir damals durchzogen. Rochow gehörte zu den seltenen Menschen, die auch auf Reisen verträglich, harmlos und ohne wilde Lustigkeit stets heiter sind. Ich räumte ihm, dem Sänger, sein Übergewicht willig ein; er suchte niemals von diesem Vorrecht Gebrauch zu machen, und ein Mißverständnis konnte zwischen uns nicht aufkommen. Lebenslustig waren wir beide; wir gaben viel Geld aus, nicht mehr, aber auch nicht weniger, als wir einnahmen. Der schöne Nachsommer, auf der Wanderung unser bester Freund, ward des Abends an der Kasse unser Gegner. In seinem Duft und Zauber gelangten wir bis Teplitz, wo es von Gästen wimmelte; dort aber schien es unmöglich, eine Soiree zu stande zu bringen, weil der Saal bereits auf vierzehn Tage von Virtuosen und Tanzlustigen in Anspruch genommen war. Hätten wir Geduld gehabt, die Sache abzuwarten, wer mag wissen, was aus mir geworden wäre? Eine Unzahl bedeutender und einflußreicher Personen befand sich noch in Teplitz. Unser Erscheinen und Auftreten, die Anordnung unserer Gedichte und Lieder hatten unleugbar etwas Eigentümliches. Wir würden Bekanntschaften gemacht, Empfehlungen erworben haben, würden vielleicht nach Wien verschlagen, dort in die Mode gekommen sein ... Wer mag es wissen? Wir verließen Teplitz, verletzt durch die Gleichgültigkeit des Badekommissars, der uns kurz abfertigte, und ließen uns über Pirna nach Schandau rollen. In Schandau, von wo aus wir in den nächsten Tagen einige Ausflüge nach der Sächsischen Schweiz machten, fand ich am Abende unserer Ankunft als Tischnachbar den liebenswürdigen Dichter *Wilhelm Müller*. Dieser stellte sich unserem Umhervagabundieren mit vernünftigen Gründen entgegen, fragte Rochow, ob er damit enden wolle, vor den Thüren zu singen, mich, ob ich die qualvolle und andere quälende Lebensbestimmung erwählt habe, als reisender Deklamator Städte und Marktflecken zu bedrohen, redete uns eindringlich zu, baldigst auf die Bühne zu steigen, ehe wir in diesem faulen Reiseschlendrian völlig erschlafften, und wies uns zunächst auf das nahe *Dresden* hin. Rochow hatte schon immer die Absicht gehegt, seinen Gesang für die Oper zu bilden. Er trat gar bald auf Müller's Seite, und ich gab nach. Wir trafen in Dresden ein.

Außer einer alten Freundin meines pflegeelterlichen Hauses, die ich sogleich aufsuchte und fand, kannte ich persönlich keinen Menschen in Dresden. *Theodor Hell*, mein Abendzeitungsredakteur, bekleidete nebst hundert anderen Ämtern und Posten, die er damals inne hatte, auch jenen eines Theaterdichters und Sekretärs und empfing seinen jugendlichen Mitarbeiter sehr freundlich. Er versprach, meinem Wunsche gemäß uns irgend einen Saal, ich weiß nicht welcher Gesellschaft, für eine Abendunterhaltung zu verschaffen, empfahl mich in einem Briefchen dem Polizeidirektor der Residenz und zeigte sich auch in Beziehung auf künftige theatralische Absichten und Versuche wohlwollend und liebevoll.

Daß *Ludwig Tieck* in Dresden lebe, wußte ich durch Steffens und Schall. Ich würde mir von beiden Briefe für ihn, viel mehr für *mich*

an ihn, erbeten haben, wenn ich nicht so zu sagen aus Breslau ent-
wichen wäre. Tieck's Werke hatte ich wohl gelesen. Für vieles in
seinen Dichtungen, hauptsächlich was Ironie heißt, fehlte mir wahrscheinlich das Verständnis. Aber ich hatte ihn von Löbell, Steffens,
Schall nie anders als »Meister« nennen hören und eine Verehrung
für ihn eingesogen, die, ob sie gleich an Anbetung grenzte, im
Grunde nur eine nachbetende war. Deshalb kämpfte ich lange mit
mir, ob ich es wagen dürfe, mich auf gutes Glück einem poetischen
Halbgott vorzustellen. Vielleicht würde ich mich gar nicht dazu
entschlossen haben, wenn nicht Julius mir Mut eingesprochen und
meine Schüchternheit lächerlich gemacht hätte. Als »Schauspieler«
ließ ich mich bei ihm anmelden, und als ich eintrat, wurde mir
schwarz vor den Augen. Kaum vermochte ich etwas von Steffens
und den anderen zu stammeln. Meine Verlegenheit mag nicht zu
meinen Gunsten gesprochen haben, denn Tieck sah mich zweifelnd
an; kaum aber hatte ich einige seiner Fragen auf eine Weise beant-
wortet, die es gewiß machte, daß ich die Personen, auf deren Umgang ich mich berief, wirklich genauer kannte, so munterte mich
auch des Zauberers gewaltiger Blick zur Vertraulichkeit auf, und
binnen einer Viertelstunde war ich bei ihm wie zu Hause, das Gespräch im besten Gange. Ich bezweifle, daß es auf Erden noch eine
so gewinnende, so siegreiche Persönlichkeit giebt, als Tieck sie damals entfaltete, – wenn er wollte. Ich ward mit Leib und Seele sein
eigen. Die Wirkung, die er auf mich ausübte, verfehlte nicht, wie
dies gewöhnlich der Fall ist, auf ihn zurückzuwirken. Er sah mich
gern bei sich und verschwieg es nicht; er erlaubte mir, ihn lesen zu
hören; sein Vortrag machte mir einen unbeschreiblichen Eindruck.
Das edle, schöne Gesicht, das geistvolle Auge, die goldreine, kräfti-
ge Stimme bemächtigten sich meiner ganzen Seele. Ein Zweifel an
der Meisterschaft, die ihm die Welt zuerkannte, hätte in mir nicht
entstehen können. Aber ich mußte, mochte ich wollen oder nicht,
stets an Schall denken, an Schall mit seiner kupfrigen Nase, mit
seinem Rhinozerosantlitz. Ich wagte nicht, mir einzugestehen, daß
ich jenen für einen größeren Künstler hielt als Tieck; daß Schall, von
Manier frei, drastischer wirkte und ohne die Harmonie der voll-
kommenen Ausbildung in dieser wundersamen Kunst, ohne die
Geschmeidigkeit der Form, wie sie bei Tieck nur das Resultat *tägli-
cher* Übung sein konnte, doch an genialen Zügen reicher, an Schöp-
fungen der augenblicklichen Eingebung vielseitiger war. Ich wagte

nicht, mir das einzugestehen, und es ist mir erst klar geworden, als ich auf der Bahn nach ähnlichem Ziele die Schwierigkeiten näher kennen lernte, die sich dem Strebenden entgegenstellen. Ich war versunken in hingebende Verzückung, wie nur ein Jüngling hingebend, gläubig, selig in seinem Glauben an einen großen Mann sein wird. Es ist eine schöne Zeit, diese Zeit poetischer Religion! Beginnst Du erst zu protestieren, so ist sie auf immer entschwunden. Unser Wunsch, vor dem Publikum einer größeren Stadt das bißchen Licht, welches wir aus Breslau mitgebracht, leuchten zu lassen, ging denn auch in Erfüllung. Durch Winkler's (Th. Hell's) Vermitelung war uns ein schöner Saal eingeräumt worden, und diesen füllte ein zahlreiches, elegantes Auditorium, welches mit seinem Beifall nicht karg war. Tieck empfing mich am andern Tage mit den Worten: »Wer hat Sie denn gelehrt, so gute Verse machen und dieselben so gut zu sprechen?« Ich glaubte, jetzt müßte ich in die Wolken steigen!

Th. Hell wiederholte, was Wilhelm Müller mir in Schandau gesagt, und erklärte sich bereit, beim Intendanten des Hoftheaters mein Probespiel und daraus folgendes Engagement einzuleiten. Und damit gar kein Zweifel übrig bliebe, ob die Wanderer Rochow und Holtei sich trennen, ob sie ihre zweispännige Laufbahn beschließen sollten, wurde mein guter Julius sauber eingepackt und zum Stadttheater nach Leipzig geschickt, wo man junge, frische Stimmen so nötig brauchte wie Brot. Wir trennten uns mit heißen Thränen.

Der Intendant des K. S. Hoftheaters, Graf Vitzthum, wo mir recht ist, hörte nicht gar gut. Meine Aufwartung war mit Schwierigkeiten verknüpft, mich ihm verständlich zu machen, doch kamen wir erträglich auseinander. Drei Proberollen wurden mir zugesagt: als erste »Juranits, in Zriny«.

Die Rolle hatte ich noch nicht gespielt, das Stück liebte ich nicht, Körner's tragischer Pathos war mir zuwider. Aber ich hatte in Breslau unseren Anschütz als Juranits den Nachmittagsprediger Nagel als Zriny in Grund und Boden spielen sehen, und da meinte ich denn, durch Tieck und Winkler angefeuert, es müsse gehen!

Schon lebte mir in Dresden ein einflußreicher Gegner, ohne daß ich mir irgend etwas gegen ihn zu schulden kommen lassen: der

Regisseur des Hoftheaters, Herr *Helwig*. Dieser Mann hatte drei Gründe, mein Widersacher zu sein: Erstens bestritt er meinem Gönner Theodor Hell das Recht, einen Protegee zu haben, weil er in der Person eines anderen Aspiranten diesen *seinen* Protegee in die leere Stelle schieben wollte. Zweitens fand er meine Verehrung für Tieck höchst lächerlich und verspottete, als ich derselben in einem Gedichte Luft gemacht, mich und jenes Gedicht, wo er nur meinte, daß ich es hören könnte. Drittens sprach er unverhohlen aus, daß die jungen Schauspieler meiner Gattung, die gewisse Ansprüche mitzubringen sich berechtigt wähnten, das Metier nur verderben könnten! – Herr Helwig galt für einen guten Schauspieler, war sehr beliebt und wußte die Regie im Parterre vielleicht besser zu führen, als auf der Bühne. Auch gehörte er unter die gefährlichen Menschen, die mit derber Bonhommie ihre heimlichen Machinationen umhüllen und, den biederen Deutschen spielend, unter der Maske zutraulicher Redlichkeit nicht nur andere, sondern auch sich zu täuschen vermögen, als ob sie es noch so ehrlich meinten. Bei mir gelang ihm das vortrefflich. Ich hielt ihn für einen derben Ehrenmann; – vielleicht ist er's auch gewesen!

Mit einer flüchtigen Probe mußte ich ins Feuer gehen. Wie ich mich auf der Bühne benommen, wie ich mich bewegt, wie ich die festgelernten Worte hergesagt? – Ja, wenn ich das wüßte! Ich war bewußtlos. Daß ich in den Liebesauftritten mit Helene vorzugsweise so ungeschickt und hölzern gewesen, ist mir leider noch erinnerlich. Auch rief mir die gute Frau, die das Unglück hatte, mich als ihren Geliebten betrachten zu müssen, mehrmals leise zu: »Mehr Feuer!« – Aber sie hatte gut rufen! Ich war wieder in die Lethargie des Lampenfiebers versunken, aus der kein Gott mich wieder emporrütteln konnte. Das Ende vom Liede war: ich fiel durch und ging ohne eine Spur günstiger Teilnahme vom Kampfplatz, während alle übrigen um mich her, vor allen Herr Helwig-Zriny, mit Beifall überschüttet wurden.

Kaum glaube ich, daß es in der Brust eines Tischgastes im »kleinen Rauchhause« so traurig ausgesehen, als in der meinen, wie wir uns nach »Sigeth's Fall« an die Krippe begaben. Warum ich auch nicht mit Schmach bedeckt in meinem Kämmerlein blieb, und wo ich die Frechheit hergenommen, mich in meiner tiefsten Vernichtung an die Wirtstafel zu setzen, das mag Gott wissen. Sicher bleibt, daß ich es gethan; ja, daß ich sogar im stande gewesen bin, zu essen, – wenngleich gesenkten Blickes. Mir gegenüber an der Tafel saßen zwei junge Männer, die mich forschend fixierten. Jedesmal, wenn mein Auge sich ein wenig hob, begegnete es dem ihrigen, fest auf mich gerichtet. Das Angesicht des einen that einen milden Ernst kund, der mich anzog. Nun erhob sich ein Gast nach dem andern, alle suchten ihr Zimmer, der Speisesaal ward leer, wir drei blieben sitzen. Sie ließen sich Wein geben und forderten mich auf, mit ihnen zu trinken; ich gehorchte fast willenlos. Bald war ein Gespräch begonnen. Sollten sie, fragte ich mich hoffend, nicht im Theater gewesen sein? Sollten sie nicht wissen, wer ihnen gegenübersitzt? Ein Weilchen konnte ich die Täuschung nähren, bald jedoch gingen sie ohne Umschweife auf mein Elend ein. Beide schienen erstaunt, mich so mutlos, der Verzweiflung nahe zu finden; dazu, meinten sie, hätte ich keinen Grund. Sie trösteten mich und suchten mich durch sinnige Worte aufzurichten. Der eine gab sich als Arzt, der andere als angehender Jurist zu erkennen, doch erkannte ich in letzterem sehr bald auch den Poeten. Er bestätigte sich als solchen. Gegenseitig tauschten wir Bekenntnisse über projektierte Arbeiten. So kamen wir auf Tieck, und daß ich bei ihm aus- und einginge. Ich erbot mich, meine neuen Freunde dort einzuführen, – und dachte in diesem Moment freudiger Aufregung nicht daran, daß ich beim Nachhausegehen von der Bühne mir vorgesetzt hatte, mich nirgends mehr blicken zu lassen. Der Arzt lehnte es ab, weil er reisen müsse, der Jurist nahm es begierig an. Ich versprach, ihn am andern Morgen für den nächsten Abend zu melden. Dann bat ich um beider Namen. Der Arzt nannte sich *Adersbach* (ich bin ihm nie mehr begegnet), der Jurist war *Karl Immermann*. Wir plauderten bis tief in die Nacht. Immermann sagte, ich sollte mich meinen Martern entreißen, aus mir könne doch noch ein guter Schauspieler werden, denn es fehlte nur die Form, der Stoff sei vorhanden, und das Publikum wisse den Teufel! »Aber«, sagte er, »ich wäre merkwürdig ungelenk, und zwischen den Stellen, wo es über mich käme, und jenen, wo ich leblos bliebe, ein Unterschied, daß man glauben müßte, es wären unserer zwei Personen.« So hatte noch niemand mit mir gesprochen. Schall hatte diesen Ton nicht getroffen. Es that mir unendlich wohl, und ich ging beruhigt zur Ruhe. Anders gestalteten sich die Dinge, als ich unter andere Menschen kam. Mein alter Breslauer Argwohn wurde lebendig, in jeder Begrüßung sah ich Hohn, aus jedem Worte hörte ich Spott gegen mich, wo zwei die Köpfe zusammensteckten, meinte ich, Juranits sei der Grund ihres Flüsterns. Die Mitglieder des Theaters sahen mich über die Achsel an, nur der Herr Regisseur zeigte sich süßer als vorher, ein Zeichen, daß er mich schon für halb beseitigt hielt. Theodor Hell blieb freundlich, aber daß die Hoffnungen, die er auf mein Engagement gesetzt, durch den Fall der ungarischen Festung erschüttert, wenn nicht zusammengestürzt waren, ließ sich nicht verbergen. Tieck's Lächeln spielte um meinen Gram wie ein blaues Flämmchen um die Stelle, wo ein Schatz versunken ist. Er war erstaunt, wie er sagte, daß ich nicht sicherer auf den Brettern sei, er hätte mich für einen fertigen Schauspieler gehalten, aber einige Stellen hätte ich »hinreißend schön« gesprochen. Solche Worte waren für mich, was ein paar scharfe Sporen für ein ermattetes Pferd sind; schon wollte die arme Kreatur nicht mehr weiter laufen, dann rafft sie sich wieder auf. [...]

Einen Abend bei Tieck werde ich nie vergessen, nicht nur weil er an diesem Abende den »Othello« mit furchtbar tragischer Wirkung vortrug, sondern auch weil das bei ihm versammelte Auditorium ein nicht gewöhnlich zusammengestelltes war. Außer uns befand sich dort: Tieck's *Schwester* mit Gemahl, Herrn von *Knorring* aus Curland und ihren beiden *Söhnen*, die einheimischen Grafen und Poeten: Freiherr von *Kalkreuth* und *Löben* (Isidorius), der hessische *Ernst* von *Malsburg*, *Ludwig Robert* mit seiner jungen schönen *Frau*, der Herr von *Schütz* (Lakrimas), der damals gerade den Casanova verdeutschte, Professor *Hegel* mit Fr. *Förster* und endlich *Thorwaldsen*, den ich schon des Morgens auf der Bildergallerie hatte nachdenklich und andächtig sein Lockenhaar schütteln sehen, wie er vor Raffael's Madonna zum *erstenmal* in seinem Leben stand.

Tieck überbot sich selbst in Leidenschaft und Gewalt; im fünften Akte ließ er den Othello zu einer Raserei ausbrechen, die um so tiefer wirkte, als er besonnene Macht behielt, den Jago in kalter Festigkeit dagegen kontrastieren zu lassen. Seine Absicht bei Versinnlichung des Jago ging sichtbar darauf hinaus, diesen gemeinen Gesellen keineswegs zum schlauen, feinberechnenden Propheten zu machen, der das ganze Spiel vorher durchschaut, sondern vielmehr zum plumpen Schurken, der nur Rache üben, nur Böses thun, nur schaden will, der erst mitten in der Aktion einsieht, wie sehr das

Schicksal ihm zu Hilfe kommt, und der eben nur um seiner Plump-
heit willen oft in einen groben, biederherzigen Ton verfällt, welcher
treuherzig klingt und zu täuschen vermag. Diese Absichten schienen mir aus Tieck's Auffassung des Jago hervorzugehen. Als der
Vortrag beendet war, und jeder der Hörer seinen schuldigen Beitrag
in die Kollektenbüchse des geselligen Dankes stecken zu müssen
glaubte, näherte sich auch *Hegel* dem Leser und dozierte in die Rede, die er hielt, komischer Weise gerade die *entgegengesetzte* Ansicht
des Jago'schen Charakters hinein, Tieck preisend, mit wie unendli-
chem Geist er die Feinheit des vom ersten Auftritt gesponnenen
Gewebes enthüllt u.s.w. Ich stand wie versteinert. Denn ohne von
dem hochberühmten Manne etwas anderes zu kennen, als seinen
Namen, kannte ich doch eben diesen und seinen Ruhm. Tieck's
Gegenrede war, – ich will nicht sagen tückisch, – doch tieckisch,
verbindlich ironisch.

Ich müßte sehr irren, wenn es nicht *dieser* Abend gewesen wäre,
von dem der Groll herrührte, den der Philosoph so lange gegen den
Dichter bewahrte.

Gegen mich war Tieck unverändert. Mein unglücklicher Auftritt
als Juranits hatte ihn nicht kälter gemacht. Immer, wenn ich kam,
hieß er mich ebenso freundlich willkommen, als früher, wo er gehofft hatte, in mir ein siegreiches Schauspieltalent aufsteigen zu
sehen.

Begegnungen mit Goethe und seiner Welt

Der Frühling erwachte, als ich Paris verlassen, und er begleitete mich erwachend, wo ich hinkam. Ich reiste allein. Der Graf blieb noch in Frankreich zurück. Mich zog es nach Deutschland. Mit den grünen Knospen und Keimen kam die Sehnsucht des Heimwehs über mich. Nachdem ich einmal Emiliens Thränen und die Pariser Theater hinter mir hatte, konnte ich es gar nicht erwarten, mich wieder unter Deutschen zu fühlen. Ich flog durch Brüssel, Lüttich und Aachen; erst in Düsseldorf machte ich Halt, und dies auch nur, weil ich mich glücklicherweise noch zu rechter Zeit besann, daß *Schadow* und *Immermann* dort lebten. Schadow war, wie er noch in Berlin weilte, unser lieber Genosse in der litterarischen Gesellschaft gewesen. Zu Immermann, der unterdessen ein berühmter Dichter geworden, zog mich die dankbare Erinnerung an Dresden und seine mir dort bewiesene Teilnahme. Beide nahmen mich liebevoll auf. Immermann las mir sogleich seinen eben vollendeten »Andreas Hofer« vor. Waren es doch die ersten Töne eines deutschen Dichters, die ich wieder vernahm, und sie drangen mir unwiderstehlich zum Herzen. Auch ist mir aus jenen schönen Frühlingstagen eine unvergängliche Vorliebe für das oft angefochtene »Trauerspiel in Tirol« geblieben.

Von Düsseldorf begleitete mich Immermann nach Köln, wo wir am ersten Osterfeiertage ein Episkopal-Hochamt im alten Dom erlebten und uns dann nach einigen in Zuneigung und Heiterkeit vergangenen Tagen wieder trennten, er um nach Düsseldorf wieder zurück-, ich um nach Frankfurt a.M. zu gehen, vielmehr zu schleichen, weil ich mich unwohl fühlte und ernstlich krank zu werden fürchtete. Dank sei es dem Frühling und meiner zähen Natur, die Befürchtung wich nach kurzer Rast und Pflege wiederkehrendem Wohlbefinden, und ich konnte Frankfurt binnen einer Woche verlassen. Der ermüdenden Nachtreisen überdrüssig, suchte ich Platz in einem Hauderer, der sich nach Leipzig begab, und fand ihn mit angenehmer Gesellschaft, die aus noch drei Herren bestand, von denen der eine Maler Oppenheim aus Frankfurt war. Dieser hatte im Sinne, einige von ihm gemalte Bilder, die denn auch in ungeheuren Kisten auf dem Verdeck unseres Wagens schwankten, zur *Weimarischen* Kunstausstellung zu bringen. Unsere Fahrt war so heiter, daß wir bei gegenseitigen Scherzen die unerlaubt lange Dauer derselben vergaßen oder willig ertrugen. Wir langten in Weimar im »Elefanten« an, eben als es Zeit war, Mittag zu essen. Hier sollte sich die lustige Gesellschaft trennen, denn unsere zwei Begleiter und ich hatten bis Leipzig akkordiert. Herr O. ließ seine Kunstsachen abladen; der seufzende Wagen schien freier zu atmen. Es war uns allen nicht recht, daß Oppenheim uns verlassen sollte. Wir hatten so viel mit einander geschwatzt und gelacht! Während ich nun noch zum Abschiede mit ihm unter der Hausthür plauderte, flog ein junger, toter Hund aus der Luft herab uns vor die Füße. Das hing aber so zusammen: Schon beim Aufbruch von Frankfurt hatte ein zweiter Landkutscher, ein Schweizer, sich uns angeschlossen; er schien mit unserem Hauderer durch lange gemeinsame Hin- und Herfahrten eng verbrüdert. Auch paßte seines Wagens Inhalt vollkommen zu uns, ergänzte gewissermaßen unsere Gemeinschaft, denn wie hier vier junge Männer saßen, so dort vier junge Damen, französische Schweizerinnen, die als Gouvernanten nach Sachsen verschrieben waren und nun von dem soliden Fuhrherrn, dem man sie als leicht zu beschädigende Frachtgüter anvertraut, sorglichst transportiert wurden, als ob auf jede von ihnen ein Glas gemalt wäre. Die Freundschaft unserer Kutscher schien uns ein nachahmenswertes Vorbild. Wir wollten hinter ihnen nicht zurückbleiben und benützten schon die erste Begegnung beim ersten Mittagsmahle zu zierlichster Annäherung. Nun war es freilich ein Elend. Die Damen verstanden kein Deutsch, und von uns radebrechten nur zwei ihr bißchen Französisch. Es ging aber doch; wir waren galant, so gut es gehen wollte; jeder natürlich auf seine Weise.

Der schweizerische Landkutscher besaß einen Hund, wie Kutscher ihn zu haben pflegen, als Busenfreund, Wächter, Bajazzo, von allem etwas, kurz es war ein recht hübscher häßlicher Hund, so häßlich, wie man's nur von einem Kutscherspitz verlangen kann. Wir nannten ihn alle den französischen Hund. Der Hund jedoch muß durchaus eine Hündin gewesen sein, denn am dritten Reisetage vernahm ich auf dem Verdeck des Schweizerwagens ein höchst bedenkliches Winseln und Wehklagen; – der Hund war nicht mehr allein; in dem Korbe, welcher ihm zu seinem Wohnsitz angewiesen, befanden sich fünf jüngere Hunde, höchst wahrscheinlich seine Kinder. Wunderlicher Ballast! Auch wurde viel davon ausgeworfen;

die Tiere starben hin wie Fliegen, und Leichenführer wollte der Schweizer nicht sein. Er fürchtete, das könne zum Pasquill auf unser langsames Fahren werden. – Der Letztverblichene war eben der, welcher in Weimar zu unseren Füßen fiel. Ich betrachtete selbigen nachdenklich.

Da sagte der muntere Maler zu mir: »Der verstorbene Hund beschämt Sie; er bleibt hier, und Sie reisen, kaum daß Sie werden gesättigt sein, ruhig davon, als ob wir in Krähwinkel wären, statt in *Weimar*!« – »Mein Bester«, erwiderte ich, »was soll ich denn in Weimar? Ich kenne ja hier keine lebende Seele. Was könnte mich hier festhal...«, und in diesem Augenblicke versagte mir die Sprache; ein Gedanke durchzuckte mich so mächtig, daß ich mich wie von einem elektrischen Schlage getroffen fühlte. – Weimar! – Er!

Ohne Empfehlung, ohne Anhaltspunkt, ein ihm kaum bekannter Name, darfst Du es wagen? ...ich hütete mich wohl, meine Gedanken laut zu denken; ich brummte sie in mich hinein, ließ mir vom Wirte Papier geben, schrieb, – ich weiß nicht was? – an des Herrn Geheimrats von Goethe Excellenz, bat als Durchreisender um eine Anschauungs-Audienz, gab dieses Brieflein dem Lohnbedienten,... und wir gingen zu Tische. Die Schweizerinnen weinten in ihre Suppe wegen ihrer bald bevorstehenden Trennung; wir scherzten und lachten dazwischen, mir aber war nicht lächerlich ums Herz, denn ich erwartete mit klopfender Brust die Wiederkehr des Lohnbedienten. Je länger dieser ausblieb, desto höher stieg meine Spannung, und die Reisegefährten staunten mich, den ungewöhnlich Schweigsamen, fragend an.

Zapfe kam, ich blickte nach seinen Händen, die, ach! keinen Brief für mich hielten. Er aber legte sich sanftlächelnd an meinen Stuhl und sagte leise, doch den Umsitzenden vernehmbar: »Der Herr Geheimrat erwarten Sie morgen nach 11 Uhr.« Morgen! Und bereits hörten wir im Hausflur den schallenden Hufschlag der Pferde, die zur Weiterreise hinausgeführt wurden. Nun blieb keine Wahl. Ich bezahlte den Kutscher, ließ mein Gepäck abladen, nahm ein Zimmer, und, – es war geschehen! Bis dahin hatte ich nicht daran gedacht, daß ich es wagen dürfe und werde, mich zu Goethe zu drängen. Ein Zufall hatte mich jene meldende Anfrage schreiben lassen. Nun saß ich fest und befand mich in der tödtlichsten Angst. Wie gern wäre ich dem Wagen gefolgt, als sie abfuhren! Ich blickte ihnen mit Sehnsucht nach. Und während Herr Oppenheim seine Angelegenheiten zu besorgen, Empfehlungsbriefe abzutragen anfing, saß ich nachdenklich und niedergeschlagen in der finsteren Wirtsstube des Gasthauses zum »Elefanten«, der alte Besitzer, Herr *Schwanitz*, mit mir.

Wer kannte ihn nicht? Wer kannte sie nicht, die räucherige, durch einen hölzernen Pfahl in ihrer Mitte zur ländlichen Schenke gestempelte Stube? An mir gingen im wachen Traume die Bilder derjenigen vorüber, die seit einer langen Reihe von Jahren hier eingekehrt, *alle* in der Absicht, alle in der Hoffnung, *ihn* zu sehen, den Einzigen, Gewaltigen, diesen Herrscher im Reiche der Geister! Es ist ungeheuer, sich in die Macht zu denken, die er ausgeübt, länger als ein halbes Jahrhundert hindurch, auf jeden deutschen Geist, auf jedes deutsche Gemüt! Und wie? Warum nur *Deutsche*? Haben in jenem Gastzimmer nicht würdige Repräsentanten der verschiedensten kultivierten Nationen gelauscht und geharrt, bis ihnen die Kunde ward, daß sie sich dem Ersehnten nahen dürften? Der alte Schwanitz müßte ein Maler gewesen sein! Aber ein Seelenmaler! Und dann, die Galerie jener Harrenden... Besorgnis, freudige Erwartung, Übermut, Arroganz, selbstzufriedene Eitelkeit, bescheidenes Verzagen, Heuchelei, Liebe, Entzücken... das gäbe eine Musterkarte von inneren Zuständen! So dachte ich mir nun, was ich morgen sagen wollte, oder was ich erwidern sollte, oder wie ich beginnen müßte, wenn er schwiege, und so wäre ich vor lauter Gedanken ein Narr geworden, hätte sich nicht die Thür geöffnet, um Professor D. L. B. *Wolff* einzulassen, den ich aus Hamburg kannte, den ich aber nicht in Weimar vermutete. Er wußte mir mancherlei zu erzählen und weihte mich gewissermaßen in den Zauberkreis ein, den ich morgen betreten sollte. Und ich war mit vielem, was er mir erzählte, gar nicht zufrieden; noch weniger mit der Art und Weise seines Vortrages. Er sprach, indem er von jenem Hause »auf dem Plan« redete, wie von einem Hause, in welchem *Menschen* wohnen; schilderte ihre häuslichen Verhältnisse, den Konflikt ihrer irdischen Naturen mit der Wirklichkeit, ihrer Stellung zu Weimar!... Das war mir nicht recht. Wie ich an jenem Nachmittag gestimmt war, hätte mich nur eine homerische Schilderung großartigen Götterlebens befriedigen können.

Nun gingen wir in den Park. Mir kam es vor, als hätte ich in prophetischem Traume oder in meiner Kinderzeit diese schönen Anlagen schon einmal durchwandert; – so oft hatte ich davon sprechen, so viele Scenen, die auf jenen Plätzen durchgespielt wurden, lebhaft beschreiben hören!

Als wir an den Stein gelangten, dem die bekannte Inschrift:

>»Die Ihr die Felsen bewohnt und Bäume,
>einsame Nymphen etc.«

eingegraben ist, und die Zeile las:

>»Und dem Liebenden gönnt,
>daß ihm begegne sein Glück.«

war es mir doch, als ob eine Mythologie Weimarischer Zustände vor mir aufstiege! Die Werke nahmen sich hier ganz anders aus, als auf dem Papiere. Ob man die großen Dichter vielleicht erst dann verstehen lernte, wenn man sie nicht mehr aus Büchern zu lesen brauchte? Wenn man sie, – »tönenden Rhapsoden« gleich, selber hörte? Oder wenn wie hier die Felsen ihre Worte trügen? Oder wenn der Wald sie rauschte?

Professor Wolff führte mich zuletzt in einen geschlossenen Garten; eine Art von Erholungs- oder Harmoniegesellschaft war dort versammelt. Man trank Bier, man rauchte, man schob Kegel, sogar acht um den König und alle neun! Mir wollte gar nicht in den Kopf, daß ich in Weimar sei.

In einer von uns entfernten Gruppe bemerkte ich einen eleganten Mann in feiner Kleidung mit vornehmen Manieren, dessen Gesicht, besonders Augen, Stirn und Nase mir bekannt schien. Es störte mich, fortwährend nachsinnen zu müssen, wo ich ihn schon gesehen haben könnte, und als ich endlich nach seinem Namen fragte, hörte ich ihn Herrn Kammerrat *August von Goethe* nennen. Ehe ich's noch verhindern konnte, bemächtigten sich mehrere Personen der meinigen, um mich zu ihm hinzuführen. Er empfing mich gemessen und kalt. Ein eigentliches Gespräch war nicht anzuspinnen. Jeder Andeutung auf seinen Namen und auf alles, was daran sich knüpfen könnte, wich er entschieden, fast unhöflich aus. Vielmehr stimmte er einen burschikosen Ton an, erzählte unanständige Berliner Witze, zwang mich gewissermaßen, darin fortzufahren, und affichierte eine Roheit, die mir mißfiel und mich abstieß. Von jenem Abende an suchte ich ihm fern zu bleiben, ließ seine freundlichen Annäherungen unerwidert, und erst bei meinem zweiten, längeren Aufenthalte gab es der Zufall, daß wir uns fanden, daß ich in ihm kennen lernte, was mir ihn teuer machte, daß wir vertraute Freunde wurden. Die Beschreibung der nächstfolgenden Jahre meines Lebens wird mir häufig Veranlassung geben, auf ihn zurückzukommen, und ich werde die Pflicht erfüllen, die ich gegen den Verstorbenen habe, ihm vor den Augen der Welt die Gerechtigkeit widerfahren zu lassen, die ihm, – freilich zum Teil durch seine eigene Schuld, – nicht werden sollte, als er lebte. Gewiß hat er selbst das meiste dazu beigetragen, daß alle Leute mit ihm zerfielen; er forderte in krankhaftem Trotze die üble Meinung heraus. Das erfuhr ich ja an mir selbst, denn durch seine erste Begegnung ward mir mein erster Tag in Weimar total verdorben; ich brachte einen garstigen Abend auf meinem Zimmer zu, und jene Erwartungen für den andern Tag waren genugsam herabgestimmt worden, um mich wenigstens ruhig schlafen zu lassen. – Der Morgen brach an, aber er wollte nicht vergehen. Die Langeweile der Ungeduld machte ihn für mich zu einem Jahre. Während ich nun mit mir selbst kapitulierte, wie ich mich bei Goethe einführen, und wie ich am besten vermeiden könnte, eine gar zu alberne Figur zu machen, erinnerte ich mich plötzlich, daß ich ihm schon früher einige meiner versifizierten Versuche zugesendet, und daß er mir durch unsern Wolff, sein ehemaliges theatralisches Schoßkind, einige majestätisch-huldreiche Floskeln über das kleine Versspiel »die Farben« hatte zustellen lassen. Er hatte, von meinen Arbeiten mit jenem redend, den bezeichnenden Ausdruck gebraucht: dieser Mensch ist so eine Art von Improvisator auf dem Papier; es scheint ihm sehr leicht zu werden, aber er sollte sich's nicht so leicht machen! Vielleicht dachte ich, giebt das den Anknüpfungspunkt für ein Gespräch, denn meine Angst, daß er nicht reden werde, man hatte mir in Weimar zugeflüstert, er gäbe bisweilen, wenn er übler Laune sei, dergleichen stumme Audienzen, war fürchterlich. Und mit dieser Angst machte ich mich fünf Minuten vor 11 Uhr in Gottesnamen auf den Weg, – eigentlich in mir selbst noch nicht ganz sicher, ob ich nicht schleunigst umkehren, mich krank melden lassen und mit Extrapost abreisen solle.

Es schlug 11 Uhr, als ich im Empfangszimmer stand, und ich blieb, nachdem der Diener mich hineingeschoben, einige Minuten mir selbst überlassen, die schlechteste Gesellschaft, in der ich bleiben konnte, denn ich fühlte mich von einem Moment zum andern immer dümmer werden. Jede Spur von Begeisterung erlosch, die feierliche Rührung, die ich vorher empfunden bei dem bloßen Gedanken, daß ich den Dichter des Götz, der Iphigenia, des Wilhelm Meister von Angesicht sehen würde, machte borniter Verlegenheit Raum; mir war, als hätte ich Geschäfte bei einem wirklichen Geheimen Oberregierungsrate im Departement der außerordentlichen Steuern und Abgaben.

»Nun, so ist es mir denn lieb, daß ich Sie auch einmal zu sehen bekomme!« Mit diesen Worten trat er ein und nahm, nachdem er mich zum Sitzen genötigt, neben mir Platz.

Verbindliche und möglichst schön gestellte Redensarten von meiner Seite schienen keinen Eindruck zu machen; wenigstens lockten sie keine Erwiderung hervor. Er führte den in irgend einem Wohlgeruch gebadeten Zipfel seines weißen Tuches von Zeit zu Zeit an die Nase und ließ mich sprechen. Drei- oder viermal erneute ich den Angriff, immer prallte ich wie von einer steinernen Mauer wieder ab. Je geistreicher ich zu sein mir Mühe gab, desto abgeschmackter mag ich ihm wohl geschienen haben, denn es dämmerte in mir selbst so etwas vom Bewußtsein eigener Gebrechlichkeit auf. Ein guter Geist gab mir die Erinnerung ein, daß ich in Paris den Duval'schen »Tasso« spielen sehen, den machte ich zu meinem Zauberstabe, – und siehe da, der Fels gab Wasser. »Aus Paris kommen Sie? Und was machen unsere Freunde, die Globisten?« (Mitarbeiter an dem Journal »le globe«.) – Auf diese Frage wußte ich freilich verzweifelt wenig zu antworten, aber da sie andere Fragen erzeugte, in deren Beantwortung ich besser bestand, so kam doch bald einiges Leben in die einsame Stunde. Ich fühlte wieder Grund und Boden unter meinen Füßen. Je mehr ich mich gehen ließ, meinem natürlichen Wesen getreu, ohne weitere Ansprüche auf zarten Ausdruck, desto lebendiger wurde der alte Herr. Einigemale that er, als ob er lachen wollte; und als ich ihm erzählte, daß ein französischer Kritiker nach Aufführung des Duval'schen Tasso geschrieben hätte: » *Monsieur Alexandre Duval, en estropiant le Tasse de Schiller*«, da lachte er wirklich. So wurde denn aus den zehn Minuten, die ich mir als längste Audienzfrist geträumt hatte, eine rasch genug durchplauderte Stunde. Als es zwölf Uhr schlug, erhob er sich und sprach: »Wenn der Prophet nicht zum Berge kommt, so muß der Berg zum Propheten kommen; da ich nicht mehr zu Hofe gehe, so erweisen die höchsten Herrschaften *mir* die Gnade; – also will es sich ziemen, dieselben zu empfangen!« Dabei gab er mir ein Entlassungszeichen, welches ich, da ich nun erst in Zug gekommen war und gern noch weiter geplaudert hätte, wahrscheinlich mit sehr unzufriedener oder betrübter Miene aufnahm. Als ich schon an der Ausgangsthür stand, rief er, als ob er bemerkt hätte, wie schwer mir das Scheiden wurde, mich noch einmal zurück und sagte: »Wollen Sie mit uns speisen, so werden Sie um 2 Uhr willkommen sein!«

Wie ein Abiturient, dem der Gymnasialdirektor zugeflüstert hat, daß er Nummer I mit Auszeichnung bekommen werde, so vergnügt sprang ich über die Schwelle der Hausthür, den bunten Teppich, welcher bereits den Prinzessinnen zu Ehren dort ausgebreitet lag, kaum berührend, und als ich die mit Isabellen bespannte Hofkarosse um die Ecke biegen sah, grüßte ich so verklärt, triumphierend und Hut schwenkend in den Wagen hinein, daß die darin sitzenden Hoheiten mich zweifelsohne für einen Narren gehalten haben.

Goethe's Schwiegertochter, Ottilie, war unpäßlich; statt ihrer erschien deren Schwester, Fräulein Ulrike von Pogwisch bei Tafel. Außer August von Goethe waren noch ein paar Herren zugegen, meines Bedünkens der Kanzler *von Müller* und Professor *Riemer*. Der Alte sprach viel und trank nicht wenig. Die Unterhaltung war lebhaft, ungezwungen und ohne Prätension. Das Dessert stand noch nicht auf dem Tische, als ich mich schon vollkommen eingebürgert sah. Ich redete, was mir in den Sinn kam, ohne Bedenken, ob es in Goethe's Kram tauge oder nicht. Gegen Ende der Tafel traten die »Enkel«, Walther und Wolf, zwei muntere Knaben, ein und gaben, vom Großvater aufgemuntert, allerlei Schwanke zum besten. Unter andern sangen sie auch einige Lieder aus meinen auf der Bühne gegebenen Stücken. Der Alte sagte dann, indem er ihnen Näschereien reichte: »Nun, seht Euch einmal diesen Mann an; das ist der, welcher das dumme Zeug gemacht hat!« – Professor Wolff führte mich zu der allverehrten und dieser Verehrung so würdigen *Johanna Schopenhauer*; eine Frau, mit welcher mich späterhin ein dauerndes, bis an ihren Tod festhaltendes Band aufrichtiger und anhänglicher Freundschaft vereinte, die jedoch, als ich zuerst bei ihr erschien, nicht verhehlen konnte, daß ich einen fast unangenehmen Eindruck auf sie machte. Es ging ihr mit mir, wie es mir mit August Goethe ging. Sie fühlte sich von mir abgestoßen, wie ich von ihm, und näherer Bekanntschaft erst war es vorbehalten, diese Antipathien in Sympathie zu verwandeln. Mehrmals in meinem Leben habe ich ähnliche Erfahrungen gemacht, und mehrmals hat es sich bestätigt, daß Verbindungen, die aus allmählich steigernder Teilnahme hervorgehend sich langsam befestigten, dauernder blieben und inniger wurden, als jene, die der Augenblick in heftiger Neigung geschlossen. Sie selbst gestand mir, als wir uns genauer kennen gelernt, mit herzlichem Lachen, daß mein »studentenartiges« Wesen sie zurückgeschreckt, ja, daß sie mich für einen »recht anmaßenden Berliner« gehalten habe. Dennoch verschmähte sie nicht, für den nächsten Abend über mich zu verfügen, und machte mich vor einer großen Gesellschaft, in der »ganz Weimar« auf den Beinen war, lesen. Dieser Abend und auch ein anderer ähnlicher beim Geheimrat von Müller hatte günstigen Erfolg. Denn von ihnen ging das Projekt aus, mir für den folgenden Winter ein Abonnement auf eine ganze Reihe ähnlicher Vorträge zu ordnen. Für diesmal wurde die frohe Aussicht, noch öfter in Goethe's Angesicht zu schauen, unerwartet vereitelt. Irgend ein unangenehmer häuslicher Vorfall, eine kleine Familienscene machte ihn verdrießlich, und er sprach diesen Verdruß zum höchsten Erstaunen des Hofes und der ganzen Stadt dadurch aus, daß er urplötzlich vom raschesten Entschlüsse getrieben seine Wohnung mied und das »kleine Gartenhaus am Park« bezog. Mit diesem seinen Verehrern völlig unerklärlichen Wechsel des gewohnten Aufenthaltes war denn auch der Wille, allein und ungestört zu bleiben, entschieden ausgesprochen; und ich würde Weimar verlassen haben, ohne ihn noch einmal zu sehen, wenn nicht *Eckermann* in seiner unerschöpflichen Gutmütigkeit mir ein Abschiedsstündchen vermittelt hätte. Habe ich mir's nur eingebildet, oder hatte der unerforschliche Greis im ländlichen Häuschen andere Formen angenommen, – mir erschien er, als ich mich dort einfand, zugänglicher, wie in den städtischen Räumen, milder, mitteilender. Als ich ihm das Erstaunen schilderte, in welches diese seine Übersiedelung Weimar versetzt habe, sagte er mit einem fast wehmütigen Ausdrucke: »Wir haben hier in diesem Gartenhäuschen tüchtige[8] Jahre verlebt, und weil es denn mit uns sich auch dem Abschlusse nähert, so mag sich die Schlange in den Schwanz beißen, damit es ende, wo es begonnen.« Eine solche Andeutung aus seinem Munde erschien den ferneren Umgebungen, als ich davon erzählte, fast unglaublich; denn er stand in dem Rufe, dergleichen immer und sogar ängstlich zu vermeiden. Ich glaube dieser Behauptung, – was ich mit Beispielen belegen will, – widersprechen zu dürfen; ich habe ihn bisweilen ganz absichtlich auf das Unvermeidliche, auf den Tod, bezugnehmen hören, so daß ich fast glaube, jene Meinung, er *fürchte* davon zu reden, sei mehr aus der Besorgnis derjenigen hervorgegangen, die ihn durch eine mißfällige Silbe zu verletzen Anstand nahmen; wie ja auch ein regierender Fürst manchmal entgelten muß, was nicht seine eigene Engherzigkeit, sondern lediglich rücksichtsvolle Peinlichkeit derer verschuldet, die mit ihm umgehen dürfen.

Ehe ich Abschied nahm, händigte mir Dr. Eckermann ein Exemplar der Jubiläumsmedaille und Goethe's Brustbild ein in *seinem* Auftrage und war so gütig, mir auf besonderes Ersuchen noch ein schriftliches Zeugnis beizulegen, daß dies Geschenk wirklich aus Goethe's Händen komme und wirklich mir bestimmt sei, denn ich fürchtete, in Berlin könnte man's neidisch bezweifeln wollen. *Eckermann's* Benehmen vermag ich gar nicht genug zu preisen. Wie nahe er seinem angebeteten Meister immer stand, in wie innig geistigem Verkehr mit ihm er lebte, doch erschien er dem Fremden nie als ein unselbständiger, heuchlerischer Vergötterer, der unbedingten Götzendienst einzuführen beabsichtigt. Er freute sich herzlich, mit kindlicher Gemütlichkeit an der Verehrung, die man Goethe zollte, aber er wurde nie empfindlich, wenn man sich befremdet über mancherlei Wunderlichkeiten äußerte, ertrug jeden Einwurf und zeigte, wo Mißverständnisse eintraten, immer nur das Bestreben, zu schlichten, gut zu machen, zu beruhigen. Seines eigenen poetischen Talentes wohl bewußt, trug er dies Bewußtsein niemals zur Schau, gönnte vielmehr jedem andern, daß dieser sein Licht, sei

---

[8] Ich habe mir immer, wenn ich bei Goethe war, aufgeschrieben, was er gesprochen, und bin deshalb, wenn ich von ihm rede, sicherer über meine Erinnerungen, als über irgend etwas, wovon auf diesen Blättern berichtet wird.

es auch nur ein Kreuzerkerzchen, in Weimar leuchten lasse, und nur in Stunden intimster Vertraulichkeit, wo er sein Innerstes öffnete, sprach er das heilige »*anch' io sono*« mit stiller Wonne aus. Goethe ließ ihn lange warten, bis etwas für seiner äußeren Existenz Begründung geschah. Eckermann hat dies geduldig ohne Murren ertragen, durch regen Fleiß und mühselige Thätigkeit, – er unterrichtete namentlich junge Engländer, – seine Freiheit siegreich bewahrt und ist vielleicht der einzige in Goethe's nächster Umgebung geblieben, der in äußersten Fällen dieser selbständigen Freiheit zu Ehren männlich trotzen konnte,[9] wenn er eben seine Ehre gefährdet glaubte. Wie wohlthätig er auf die oft gestörten häuslichen und Familienverhältnisse gewirkt, wie diskret er, der in alles eingeweiht war, auch dann geblieben, wenn er Ursache hatte, sich zu beklagen, wie liebevoll er zwischen Vater und Sohn gewaltet, – dies zu *erörtern* ziemt mir nicht, wenn schon es anzudeuten ich mir nicht versagen können.

Der Rückblick auf die in Weimar verlebten Tage war im allgemeinen ein für mich freudiger und erhebender. Nur ein dunkler Schatten, für mich um so dunkler, da es das Bild eines Mannes war, den ich im deutschen Herzen und Gemüt aufrichtig verehrt, seit ich zum erstenmal seinen Namen nennen, seinen Wert schildern hörte. Der Großherzog Karl August, dieser hochherzige Fürst, der

>»Die Stadt im kleinen Räume
>Zur Lehrerin der Welt«

gemacht, und dem ich in einer jener geistvollen, anmutigen Soireen bei Frau von Heigendorf vorgestellt worden war, hatte mir, seiner huldreichen und von jeder Regung des Hochmutes freien, biederen Weise entgegen, eine so schroffe, absichtliche Zurückhaltung und Kälte gezeigt, daß ich davor erstarrt, – und verstummt war. Ich hätte angenommen, daß ihm mein Vortrag einiger Akte eines Shakespeare'schen Schauspiels, wozu ich aufgefordert wor-

---

[9] Während meines zweimonatlichen Aufenthaltes in Weimar im Winter 1828 sah ich ihn nicht ein einziges Mal im Goethe'schen Hause, weil er, durch irgend etwas verletzt, sich zurückgezogen hatte. – Aber auch in dieser Zeit ging nicht eine Silbe über seine Lippen, die eine Veränderung der unerschütterlichsten Treue und Verehrung für den Meister kundgegeben hätte.

den, mißfallen, und mich am Ende dabei beruhigt, wäre nicht während des Lesens seine Aufmerksamkeit gespannt und seine beifällige Teilnahme ersichtlich geblieben. Ich konnte mich nicht darüber täuschen, seine Abneigung war eine nur persönliche, und wie ich mir auch den Kopf zerbrach, unmöglich vermochte ich etwas zu ersinnen und ausfindig zu machen, wodurch ich, der Fremde, ihm Unbekannte, so entschieden sein Mißfallen auf mich gezogen.

Das Rätsel sollte sich erst ein Jahr nachher, wo ich wieder in Weimar war, lösen. Ein Freund, der die Spur der Sache lange mühsam verfolgt, entdeckte mir den Zusammenhang. Das war denn freilich kein tröstlicher. Ich hatte vollkommen richtig gesehen, hatte mit scharfem Ahnungsvermögen herausgefühlt, was alle Anwesenden mir damals abstreiten und wegleugnen wollen: *Mir*, dem *Menschen*, nicht dem Künstler, galt die Abneigung des edlen Fürsten. Ich kann und darf, ohne Personen und Verhältnisse zu berühren, an welche meine Geburt, meine Kindheit, mein Geschick sich knüpfen, und welche ich im Laufe dieser Mitteilungen sorglich verhüllt habe, nichts Näheres über diesen Gegenstand sagen, auch möchte der Zusammenhang jedem anderen gleichgültig erscheinen; doch ist es mir stets wundersam vorgekommen, daß ein vielleicht ohne Absicht hingeworfenes Wort, eine zufällige Äußerung manchmal so tiefe Wurzel fassen und nach Jahren noch bittere Früchte tragen könne. [...]

In Weimar war es mir beschieden, die persönliche Bekanntschaft eines Mannes zu machen, dessen Schriften ich heißhungrig verschlungen, und nach dessen Anblick ich mich lange schon gesehnt hatte. Er trat an einem düsteren, schneestöberigen Winternachmittag mit einem Briefe des Frankfurter Malers Oppenheim in mein Zimmer und hieß *Börne*! Gewiß würde ich mich meiner löblichen Abgeschmacktheit gemäß einem Manne gegenüber, dessen scharfen Geist ich so hoch achtete, unter allen Umständen nüchtern und dürftig erwiesen haben; bei Börne's Taubheit aber war es unvermeidlich, in schlechte Konversation zu fallen, und er war, bei Gott! nicht geeignet, einem heraus zu helfen. Seine Richtung ging nach Berlin; er verlangte Briefe an Berliner Litteraten. Ich gab ihm deren an Ludwig Robert, Buchhändler Joseephy, Willibald Alexis[10] und viele andere. Sonst wußte ich nicht, was ich mit dem Bewunderten beginnen sollte, dessen persönlicher Eindruck so erstaunlich vom schriftstellerischen abwich, und der mich, deutsch herausgesprochen, furchtbar langweilte. Ins Theater wollte er nicht gehen; mit ihm allein, der sonst keine Katze in Weimar kannte, wäre ich den langen Abend hindurch schon aus Respekt nicht geblieben. Wohin mit meinem berühmten Manne? Je nun, wohin, als zu ihr, die für alles Rat wußte, die mit allen Menschen umzugehen verstand, die zwar eine Art von Juden- und eigentlich auch Börnehaß hegte, die mir aber doch nicht nein sagen konnte. Und so saßen wir denn bei der guten armen Schopenhauer und ennuyierten diese treue Seele dermaßen, daß sie den Gähnkrampf bekam, und daß ich Gott dankte, als Zeit und Schicklichkeit vergönnten, meinen Ludwig Börne in sein Nachtlager zu geleiten. Gutzkow sagt in Börne's Leben S. 112: »Börne war einmal nahe daran, Goethen in Weimar vorgestellt zu werden; Holtei wollte ihn einführen, doch schlug es Börne aus.« Ich kann mich wirklich nicht mehr darauf besinnen, ob davon zwischen uns die Rede war; daß ich ihn aber hätte bei Goethe *einführen* wollen, ist schon deshalb unmöglich, weil Börne gleich mit der Erklärung ankam, am nächsten Morgen zeitig aufbrechen zu müssen. Und an jenem Sonntagabend, wo er eingetroffen war, hätte ich's ja für tausend Thaler nicht gewagt, beim alten Herrn einzudringen; so standen wir beide, Goethe und ich, gar nicht mitsammen. Und nun gar ein Fremder! Börne! Ich glaube, Friedrich, der Leibdiener Goethe's, wie sehr er sonst mein Gönner sein mochte, hätte mich bei der bloßen Zumutung einer solchen Anmeldung über die Stiege geworfen! – Als ich einige Tage später Gelegenheit nahm, Börne's Anwesenheit zu erwähnen, äußerte sich Goethe sogar nicht über ihn, daß ich unmöglich zu einer Meinung gelangen konnte, wie er ihn wohl aufgenommen haben würde.

Zierlich geschriebene, von ihm eigenhändig unterzeichnete Einladungskarten riefen im Durchschnitt wöchentlich einmal, auch

---

[10] Wenn Börne irgendwo drucken lassen, Willibald Alexis habe sich ihm gewissermaßen angebettelt oder dergleichen, so war dies eine Unwahrheit oder irrtümliche Verwechslung. Den Brief, den ich ihm für W. A. mitgab, hatte B. ausdrücklich begehrt und noch dazu mit sehr lobpreisender Bezeichnung meines Berliner Freundes.

wohl öfter, zu Goethe's Mittagstisch, wo acht bis zehn Personen versammelt wurden, bisweilen um einen unvermeidlichen Fremden abtöten zu helfen, gewöhnlich aber, um bei einem wohlbereiteten, schlichten Mahle und sehr gutem Weine ein paar Stunden frei und heiter zu verleben. Er war ein sehr angenehmer, aufmerksamer Wirt, behielt sogar gern im Gedächtnis, was dieser und jener vorzüglich zu essen liebte, und trieb dann durch bedeutsame Augenwinke die Diener an, jene Schüssel noch einmal an den passenden Platz zu tragen. Zum Trinken nötigte der hohe Greis selten mit Worten, – wohl aber durch die That und Beispiel, denn er trank wie ein Alter, und mich hat es immer in meinem Herzen mit gelabt, wenn ich ihn seinen Würzburger voll Andacht schlürfen sah. Ein Fläschchen Champagner beim Dessert verschmähte er auch nicht. Der Genuß des Weines belebte sichtlich seine Sprechlust und steigerte die Fülle seines Ausdrucks, bisweilen sogar zu heftigen Gebärden des Zornes, wenn irgend ein ihm widerwärtiger Gegenstand an die Reihe kam. In Ernst wie Scherz, in Glimpf wie Unglimpf hörte sich's ihm prächtig zu. Dagegen redete sich's nicht besonders, denn was man sagte, schien wenig Eindruck zu machen, schien vielmehr an der Glätte seines Stahlpanzers abzugleiten und häufig ganz verloren zu gehen. Von vielen aber, die um den Tisch saßen, war anzunehmen, daß sie der Äußerung eines Fremden nicht eher Anteil oder Beifall zu gönnen wagten, als bis Goethe's zustimmendes Kopfnicken sie dazu ermutigt haben würde. Dieser Zustand erkältete mich allerdings, wenn er mich auch nicht abschreckte; ganz vollkommen frei habe ich mich an Goethe's Tafel, mit Ausnahme des ersten Males im vorigen Jahre, nur dann gefühlt, wenn er selbst sprach, und weiß also wirklich nicht, wie ich das Lob verdient haben kann, welches er mir in einem Schreiben an Professor Zelter, mein *geselliges* Auftreten anlangend, erteilt. Von dem *öffentlichen* Auftreten, dem er niemals beiwohnte, eben weil er des Abends sein Haus niemals mehr verließ, wurde ihm durch Ottilie, August, Herrn von Müller und andere berichtet. Das kurze Gespräch, welches er über diesen Gegenstand mit mir gehabt, und welches ich in meinen »Briefen aus und nach Grafenort« citierte, finde ich der Vollständigkeit wegen für passend hier einzuschalten.

Fußnote aus technischen Gründen im Text wiedergegeben. Re

So begab es sich denn, daß er mich einmal nach dem Mittagessen
in eine Fensterbrüstung manövrierte und in seiner eigentümlich
unbeschreiblichen Manier also sprach: »Nun, Sie haben sich ja bisher recht brav gehalten, wie ich höre. Sie müssen sich nicht wun-
dern, daß ich Sie noch nicht gebeten habe, mir Ihre Sachen vorzu-
machen, ich habe Gründe dazu. Ihnen wird nicht fremd sein, daß
wir zu unserer Zeit uns auch mit dergleichen beschäftigt und viel
darüber gedacht haben. Nun hat man sich denn seine Ansichten
über Deklamation, Recitation, theatralischen Vortrag und besonders
über die scharfen Unterscheidungen, die den Vorleser vom Darstel-
ler trennen, festgestellt. Und da kommen denn die jungen Leute
und werfen das alles über den Haufen. Nun! das ist ja recht schön!
Aber von uns Alten könnt Ihr nicht verlangen, daß wir sogleich
ohne weiteres nachgeben sollen. Also ich sehe nur zwei Auswege:
entweder Sie gewinnen mich für Ihre Künste?... Dann zwingen Sie
mich, aufs neue darüber zu denken, und das würde mich stören,
denn wir haben noch viel zu thun! – Oder es gelingt Ihnen nicht,
mich irre zu machen, und Sie befriedigen mich nicht?... Dann hätten
wir beide keine Freude davon. Also denke ich, es sei besser, es
bleibt wie es ist. – Nun, wie gefällt es Ihnen in Weimar? Nicht wahr,
es stickt (sic!) viel Bildung in dem Orte? Wir haben denn auch wohl
das Unsere dazu gethan.«

»Ew. Excellenz«, sagte ich fest, denn jetzt wollte ich doch etwas
Positives mitnehmen, »ich soll morgen die zu Faust gehörige ›Helena‹ vorlesen. Ich habe mir zwar alle Mühe damit gegeben, aber alles
verstehe ich doch nicht. Möchten Sie mir nicht z.B. erklären, was
eigentlich damit gemeint sei, wenn Faust an Helena's Seite die
Landgebiete an einzelne Heerführer verteilt? Ob eine bestimmte
Andeutung...«

Er ließ mich nicht ausreden, sondern unterbrach mich sehr
freundlich: »Ja, ja, Ihr guten Kinder, wenn Ihr nur nicht so dumm
wäret!« – Hierauf ließ er mich stehen etc.

Man hatte die Schriftstellerin *Sophie Mereau*, nachherige *Brentano*, genannt. Goethe lobte sie sehr bedingt und gedachte sogleich ihres Gatten. »Ja«, sagte er spöttisch lächelnd, »der *Brentano*, das war auch so einer, der gern für einen ganzen Kerl gegolten hätte. Er stieg vor Sophiens Wohnung am Weinspalier bis ans Fenster hinauf bei nächtlicher Weile, um die Leute glauben zu machen, es wäre viel dahinter. Aber es war und wurde nichts! Zuletzt warf er sich in die Frömmigkeit. Wie denn überhaupt alle die von Natur Verschnittenen nachher gern überfromm werden, wenn sie endlich eingesehen haben, daß sie anderswo zu kurz kamen, und daß es mit dem Leben nicht geht. Da lobe ich mir meine alten, ehemaligen Kapuziner; die fraßen Stockfisch und – – – in einer Nacht. So war auch der *Werner*; ein schönes Talent. Ich habe mich seiner von Herzen angenommen und ihn redlich zu fördern gesucht auf alle Weise! Aber wie er nachher aus Italien zurückkam, da las er uns gleich am ersten Abend ein Sonett vor, worin er den aufgehenden Mond mit einer Hostie verglich. Da hatte ich genug und ließ ihn laufen.«

Fußnote aus technischen Gründen im Text wiedergegeben. Re

Die Schopenhauer, die einen wahren Schatz von lustigen Schwänken aus der Weimarischen Blütezeit bewahrte, mit dem sie aber sehr sparsam blieb und nur ihre Vertrautesten hineinblicken ließ, erzählte mir, als ich bei ihr dieses Tischgespräches erwähnte, folgende köstliche Historie. Goethe ließ ein Werner'sches Stück, ich dächte » *Wanda*« wäre es gewesen, aufführen. Am Tage der Darstellung waren der Dichter und einige nähere Freunde, unter diesen die Schopenhauer, bei Goethe zum Essen. Auf die Frage wo man sich nach dem Theater versammeln würde, suchte der Vorsichtige, der allzugroßen Andrang fürchtete, die Last von sich ab- und sie, wie er es oft in ähnlichen Fällen that, der armen Schopenhauer zuzuwenden, die gastfrei und gefällig dergleichen Schicksale über sich ergehen lassen mußte. Diesmal kam es ihr, da sie gar nichts vorbereitet hatte, denn doch ein wenig zu schnell und wurde um so bedenklicher, weil sie die Aufführung des Werner'schen Stückes doch um keinen Preis versäumen wollte und folglich keine Zeit mehr hatte, sich um den Haushalt zu bekümmern. Sie eilte in größter Angst heim und rief eben nur ihrer Wirtschafterin zu: »Wir bekommen auf die Nacht Scharen von Gästen, richte Dich ein, und hilf Dir, so gut Du kannst!«

Als nun nach höchst zweifelhaftem, aber doch scheinbarem Erfolge die Gäste eintrafen, nahmen die Frauen an der improvisierten Tafel Platz, die Herren standen mit ihren Tellern umher. Für Goethe und Werner waren zwei Stühle in der Mitte bestimmt; zwischen ihnen auf dem Tische stand ein wilder Schweinskopf, von welchem die Wirtin schon des Tages zuvor gegessen. In ihrer Angst hatte die Haushälterin durch einen großen Kranz von Lorbeerblättern die Anschnittswunde zu verdecken gesucht. Goethe erhob, diesen Schmuck erblickend, mächtig seine Stimme und rief dem bekanntlich sehr cynischen und nicht immer sauber gewaschenen Werner zu: »Zwei gekrönte Häupter an einer Tafel? Das gehr nicht!« Und er nahm dem wilden Schweinskopf seinen Kranz und setzte ihn dem Dichter der »Wanda« auf den Kopf. – Vielleicht dachte Werner an die oben erwähnte Hostiengeschichte, wenn er in Zeiten seiner Wiener Heiligkeit, von Goethe redend, letzteren nur »dieser große Heide« zu bezeichnen pflegte; ein Ausdruck, den der liebenswürdige Grillparzer, – wenn er Werner's ostpreußischen Dialekt nachahmt, unwiderstehlich! – gar nicht vergessen kann.

Es war von *Fouqué* die Rede. Goethe wurde warm in Lobpreisungen der »Undine«: »Das ist ein anmutiges Büchlein und trifft so recht den Ton, der einem wohl thut. Später wollte es dem armen Fouque mit nichts mehr so gut gelingen. Und das merkte er nicht. Aber es ist nicht anders. Der liebe Gott giebt dem Dichter einen Metallstab mit zu seinem Bedarf. Von außen sieht solches Ding aus wie eine Goldbarre. Bei manchen ist es auch Gold, mindestens ein tüchtiges Stück lang. Bei vielen ist es das liebe, reine Kupfer, nur an den Polen des Stabes etwas Gold. Da bröckelt nun der Anfänger los, giebt aus, wird stolz, weil sein Geld im Kurse gilt, und wähnt, das müsse so fortgehen. So bröckelt er immer lustig weiter. Hernach, wenn er schon längst beim Kupfer ist, wundert er sich, daß die dummen Leute es nicht mehr für Gold annehmen wollen.«

Von *Jean Paul*: »Wie ihm die Phantasie ausging und ihm nichts Großes mehr einfallen wollte, da quälte er sich um Kleinigkeiten ab und trieb Wortklauberei. So hatte er seine ewige Angst und seinen Ärger wegen der ›s‹ des Genitivs. Mir, der ich selten selbst geschrieben, was ich zum Druck beförderte, und, weil ich diktierte, mich dazu verschiedener Hände bedienen mußte, war die konsequente Rechtschreibung immer ziemlich gleichgültig. Wie dieses oder jenes Wort geschrieben wird, darauf kommt es doch eigentlich nicht an; sondern darauf, daß die Leser verstehen, was man damit sagen wollte! Und das haben die lieben Deutschen bei mir doch manchmal gethan.«

Von *Tieck*: »Als er sie vollendet hatte, las er mir im alten Schlosse in Jena seine ›Genovefa‹ vor. Nachdem er geendet, meinte ich, wir hätten zehn Uhr; es war aber schon tief in der Nacht, ohne daß ich's gewahr geworden. Das will aber schon etwas sagen, mir so drei Stunden aus meinem Leben weggelesen zu haben.«

Von der Bibliothek in Jena: » Es war eine Lebensaufgabe unseres Großherzogs, die Universitätsbibliothek mit – (ich bin nicht mehr im stände zu sagen mit welcher – H.) – zu verbinden. Dazu fehlte im bisherigen Lokale der Raum, und wir wollten den daran grenzenden anatomischen Saal dafür haben. Dagegen erhob sich großer Protest und veranlaßte langes Hin- und Herschreiben, wobei mir die Zeit lang wurde. Ich bestellte mir also Maurer und Handlanger und ließ ohne weiteres durchbrechen. Nun hatten gerade die Herren vom Senate eine Sitzung, um sich über diese Angelegenheit zu beraten, und als sie den Spektakel in der Mauer vernahmen, hielten sie erschreckt inne und erhoben lauschend ihre Köpfe. Da stürzte der Pedell in die Sitzung und schrie: ›Hochweise Herren, er kommt schon von der anderen Seite herein!‹ Die Stadtmauer, welche sich vor den Fenstern des Gemaches hinzog, wo die Manuskripte aufbewahrt werden, habe ich, weil sie weder Licht noch Luft zuließ, und die Pergamente modrig wurden und beschlugen, gleichfalls *ex propiis* niederreißen lassen. Nachher, als es geschehen, war es gut.«

Wir waren eines Tages vorzugsweise vergnügt bei Tische, und auch die ernsteren Genossen wurden gesprächig. Da rollte ein Wagen dumpf und langsam über den Platz vor G.'s Hause. Ein Wagen auf dem »Plan« ist an und für sich nichts Gewöhnliches, und dieser rollte gar ungewöhnlich. Goethe sah, daß ich aufmerksam hinhorchte, und zum Präsidenten von Schwendler, welcher an seiner Rechten saß, gewendet, sprach er: »Es war einmal ein Römer, – zwar weiß ich in diesem Augenblicke nicht, wie der verdammte Kerl hieß, und es ist auch nichts daran gelegen, – der pflegte, wenn er seine Gäste gut traktiert hatte, plötzlich und unerwartet ein künstlich zusammengefügtes Totengeripppe quer über der Tafel vor ihnen aufzurollen, um sie daran zu mahnen, daß auch sie samt allen Delikatessen, die sie bei ihm gefressen, zu Staub und Moder werden müßten. Da ich nun auf dergleichen Moralpredigten nicht verfallen bin, so sorgt hier unser Polizeidirektor dafür und läßt den Leichenwagen, der sonst einen anderen Weg verfolgte, jetzt bei uns vorbeifahren. Und weil die guten Leute es lieben, sich um die Stunde begraben zu lassen, wo ich speise, so ist das in seiner Art immer ein sehr hübsches *memento mori!*«

»Es war einmal in dem kleinen Landstädtchen Weisseritz ein braver Prediger, der wohl andere Geschäfte haben mochte, als für jeden Sonntag eine neue Predigt zu machen. Er fand es angemessen, jahraus jahrein dieselbe zu halten, die er denn auch sehr brav vortrug, und an der sich seine Kirchkinder stets erbauten. Nun wollte der Himmel, daß ein Teil des Städtchens und mit diesem das Haus des Herrn in Flammen aufgehen sollte, so daß am nächsten Sonntage die Gemeinde genötigt war, sich in einer großen Scheune zu versammeln. Das Außerordentliche dieser Versammlung regte unseren Pastor auf, und er hielt sich verpflichtet, diesmal aus dem alten Geleise zu biegen und eine neue, auf diesen feierlich traurigen Tag eigens geschriebene Predigt zu halten. Er fing mit tiefer Rührung an: ›So lasset uns heute, meine andächtigen Zuhörer, mit einander betrachten das durch Gottes unerforschlichen Ratschluß in die Asche gelegte Weisseritz!‹ Greise, Männer, Weiber und Kinder sahen sich fragend an und harrten hoch erstaunt der Dinge, die da kommen sollten. Aber unser Pastor fühlte sich unfähig, seinen alten Grundsätzen treulos zu werden, und mit frommer Zuversicht fuhr er fort: ›Im ersten Teile werden wir hören, wie die Sadducäer ihn verführen wollten, und im zweiten, wie er ihnen das Maul stopfte.‹ Worauf sich denn die Gemeinde sogleich wieder beruhigte.«

»Als seine Majestät Friedrich Wilhelm III. vor Jahren bei unserer ›Herrschaft‹ in Weimar zum Besuche anwesend waren, hatte sich eine Menge Volk aus der Umgegend eingefunden, welches, ihn wo möglich zu sehen, das Schloß umstand. Ich, der ich in jener Zeit bei

›extravaganten‹ Gelegenheiten noch zu Hofe ging, begegnete auf dem Heimwege einem alten thüringischen Leineweber, welcher früher, wo ich eine kleine ländliche Besitzung gehabt, dort mein Nachbar gewesen war. ›Nun, mein Alter‹, sprach ich ihn an, ›Ihr seid denn auch herein gekommen, den König zu sehen?‹ ›Ja, Herr Geheemerat‹, antwortete der Weber, ›aber das iss ja nischt! Ich dachte, 's sollte der alte Fritze sein.‹« –

Excellenz Gräfin Henckel hatte einen Ball gegeben, bei welchem Jung-Alt-England natürlich wieder obenauf gewesen war und sich zum Teil recht unnütz gemacht hatte. Sämtliche Herren waren indigniert, sämtliche Damen entschuldigten vermittelnd. Mich liebten die Antianglomanen als Tirailleur vorauszuschicken, wenn es galt, irgend ein Mittags- oder Theetischgefecht gegen die englische Kolonie zu unternehmen. Ich war denn auch beim Diner nach jenem Balle redlich vorangegangen und hatte durch mein kühnes Beispiel zur Nachfolge ermutigt. Hofrat *Vogel*, des alten Großherzogs und Goethe's Hausarzt, wie *Freund*, mein biederer, trefflicher Landsmann, stürzte sich nach mir ins Treffen, er citierte als Beleg für meine allgemein gehaltene Anklage das besondere Beispiel, wie einige Söhne Albions sich in den Tanzpausen der Länge nach auf den Sofas herumgerekelt, während ihre Tänzerinnen vor ihnen gestanden. Das schien freilich sehr schlagend. Aber Frau Ottilie ließ sich nicht irre machen. »Schon längst«, erwiderte sie, »habe ich's der Großmama gesagt, daß die Kanapees in den Ecken des Saales völlig unbrauchbar sind, sie stecken so tief in der Mauer und sind so breit, daß, um einigermaßen bequem zu sitzen, man unwillkürlich in eine liegende Stellung kommt.« »Nun, ich weiß doch nicht«, entgegnete Vogel sehr bescheiden, »ich habe mit Frau von X.«, – nebenbei erwähnt: eine recht häßliche Dame! – »dort gesessen, und ...« »Und«, unterbrach ihn Goethe, »Ihr bekamt keine Lust, Euch zu legen? O Ihr guten Kinder?«

[...]

Nur einmal während meines langen Aufenthaltes in W. ward mir das Glück zu teil, Goethe ein Viertelstündchen gegenüber zu sitzen, ohne andere Gesellschaft, als den ihm sehr vertrauten und keine Eröffnung hindernden sogenannten: *Kunscht-Meyer*. Ich war an einem freundlichen Februarmorgen spazieren gelaufen und lief ihm, der mit Meyer eine Spazierfahrt machte, quer über den Weg. Er ließ halten und lud mich ein, mitzufahren. Da war er sehr zutraulich und liebevoll, anders als im Speisesaal, so zwar, daß ich mich getraut, ihn mehrfach mit »Sie« anzureden, ohne mich der verzweifelten »Excellenz« zu bedienen. Diese Excellenz, die ich ja herzlich gern jenem vornehmen Staatsbeamten im reichsten, vollsten Klange meines nicht undeutlichen Sprachorgans zukommen lasse, störte mich, – kindisch genug, – doch jedesmal, wenn ich im Gespräch mit *ihm* daran dachte, daß er zufällig der Dichter des »Werther«, »Meister«, »Faust«, der »Iphigenia« und anderer ähnlicher, nicht gänzlich zu verwerfender Kleinigkeiten sei. Es konnte mich manchmal sogar im Essen stören, wenn die anderen so unermüdlich mit dieser Excellenz umherwarfen, und einmal blieb mir der Bissen im Munde stecken, als ein Tischgast, von einem hübschen Bürgermädchen redend, den Ausdruck gebrauchte: »sie hat sich an den Dichtungen Euer Excellenz heranzubilden gesucht!« I, daß Du, – – –! Ist in solchen Momenten nicht die Frage erlaubt: – vorausgesetzt von einem, der bei Goethe schwört und ihn auswendig weiß! – was wäre Goethe dem deutschen Volke, und was vielleicht das Volk durch ihn geworden, wenn er genötigt gewesen wäre, in einer großen Stadt ohne Rang, ohne Titel, ohne Orden, ganz wie ein anderer Mensch sich durchzuschlagen und so – – Um Gotteswillen, Ihr Herren, thut mir nichts, ich bin ja schon still! Nur eines muß ich noch sagen, und wenn ich Duelle bekäme, »des Epimenides Erwachen« hätte er dann nicht verfaßt!

– – Bei jener Spazierfahrt ging's übers Theater her, hauptsächlich war von unserem Königstädter Personal die Rede, und ich erzählte ihm mancherlei Schwanke, die er fröhlich hinnahm. Dabei kamen wir auch auf »Auguste Sutorius«, die einige Zeit in Weimar gewesen. Diese hatte, als sie ihm vorgestellt wurde, in eine garstige Fußangel getreten. Der Berliner Hofschauspieler Krüger, zum Besuch in W. anwesend, hatte sich die Erlaubnis erbeten, die junge, talentvolle Schauspielerin bei Goethe einzuführen, und dieser empfing sie denn nun in seiner feierlichen Visitenmanier, in welche sich die Schülerin des Wiener Theatertons schwer zu finden wußte. Die Konversation mag gerade nicht von Geist und Leben gesprudelt haben, ich kann mir's denken. Krüger, nach Belebungsmitteln haschend, kam auf den unseligen Gedanken, einzuwerfen, Demoiselle

Sutorius hat auch schon die Sophie in den »Mitschuldigen«, das einzige Goethe'sche Stück auf dem Königstädter Repertoir, gespielt, worauf die in der Litteratur völlig Unbewanderte mit lebhaftestem Widerwillen erwidert: »Ach ich bitt', Herr Krüger, reden Sie mir nicht von dem grauslichen Stück, das ist mir meine zuwiderste Rolle!« Und Goethe, während Krüger auf eine Öffnung in der Diele rechnet, durch die er zu Kellertiefen versinken möchte, spricht mit antiker Ruhe: »Nun, nun, das ist ja schön.«[11] ‹ à Paris, Pôtier y est très comique!« – Bekanntlich existiert eine tolle Farce unter dem Titel: »*Les souffrances du jeune Werther*« als boshafteste Parodie auf »Werther's Leiden«.

Ich habe im vorigen Bande nicht verschwiegen, daß ich mich bei meinem ersten Aufenthalt in Weimar von Goethe's Sohne, *August*, mehr zurückgestoßen als angezogen fühlte, und daß sein, ich möchte sagen, brutales Wesen mir mißfiel. Diesmal entging mir wohl nicht, wie er sich mir zu nähern suchte, aber ich suchte *ihm* zu entgehen und wich ihm aus.

Er bemerkte das, und nun war er vollkommen kalt, fremd, ja stolz gegen mich. Da kam in meinen Vorträgen »Faust« an die Reihe. Ich las dies Gedicht in Weimar, wie ich mir's für Berlin eingerichtet. Ich darf sagen, daß nach dieser auf mehrjährige Prüfung und Erfahrung gegründeten Einrichtung trotz allen notwendigen Ausscheidungen nichts Wesentliches fehlt, und daß ich dem allumfassenden Gedichte eine Konzentration zu geben gelernt habe, die von den Versen: »Habe nun ach, Philosophie!« bis zu Gretchens letztem Auftritt im Kerker reicht und dennoch beim Vortrage den Zeitraum von zwei Stunden um weniges überschreitet. Die Wirkung war eine entschiedene. Bei keinem Anwesenden aber that sie sich stürmischer kund, als bei August. Dieser, sonst ein sehr kühler Lober meines Talentes, wartete kaum ab, daß ich von den Stufen, auf denen ich mein Wesen trieb, herabgestiegen war, um mich mit beiden Händen zu fassen und mir mit thränenfeuchten Augen zu verkünden, welche Freude ich ihm gemacht. Seine Worte waren: »Ich werd's dem Vater

---

[11] Man muß dabei an die Catalani denken, der ähnliches bei ihm widerfuhr. Sie wollte, um zu zeigen, daß sie auch etwas von Goethe wisse, ihr Licht in der deutschen Poesie leuchten lassen und adressierte ihm die in angewohnter königlicher Würde huldreich herablassenden Worte: »J'ai vu votre ›Werther

sagen, daß ich vieles im Faust erst heute verstanden habe.« Ich war besonnen und klarsehend genug, um zu fühlen, daß Augusts Begeisterung, wie sie da im Saale vor mich hin trat und mir vor vielen erstaunten Zeugen huldigte, mehr dem Gedicht seines Vaters, als meinen Anstrengungen galt; eben das aber machte mich ihm geneigter, denn warum soll ich's leugnen, ich hatte, die Meinung vieler teilend, ihn bisher für einen halben Barbaren gehalten und war jetzt aufs freudigste überrascht, ihn so empfänglich zu finden. Von diesem Abende fing unsere Freundschaft an. Wir sahen uns täglich und wurden Vertraute; als wir es waren, verhehlte er mir nicht, daß er oft absichtlich, vorzüglich vor Fremden, darauf ausgehe, als roher Gegner jedes poetischen Treibens zu erscheinen, weil ihm der Gedanke zu fürchterlich sei, für einen *Erben* zu gelten, der sich bestrebe, Firma und Geschäft des Vaters fortzuführen. »Lieber«, sprach er, »sollen sie sagen, Goethe's Sohn ist ein dummer Kerl oder was sie sonst sagen mögen, als daß es von mir heiße, er will den *jungen Goethe* spielen.« Der Name Goethe war Augusts Fluch. Und wie der Vater im einzigen Sohne seinen Namen und sich selbst liebte, so hat er um dieser Liebe willen den Grund zu des Sohnes düsterer Zukunft gelegt. Äußerte er doch aufrichtig genug einst zu einem erprobten Freunde, als von August und dessen wunderlichem Zustande die Rede war: »Es ist meines Sohnes Unglück, daß er niemals den kategorischen Imperativ vernommen!«[12]

August Goethe war kein gewöhnlicher Mensch, auch in seinen Ausschweifungen lag etwas Energisches; wenn er sich ihnen hingab, schien es weniger aus Schwäche, als vielmehr aus Trotz gegen die ihn umgebenden Formen zu geschehen. Stirn, Auge, Nase waren schön und bedeutend, machten seinen Kopf dem des Vaters ähnlich. Der Mund mit seinen sinnlich aufgeworfenen Lippen hatte dagegen etwas Gemeines und soll an die Abstammung von weibli-

---

[12] Mit tiefer Betrübnis muß ich eingestehen, daß die nachfolgenden Mitteilungen über den seligen August von Goethe seine nächsten Angehörigen verletzt, mir erzürnt und sogar eine vieljährige Freundschaft entschieden getrennt haben. Wie wehe mir auch dies gethan, wie sehr ich auch gewünscht hätte, in einer neuen Auflage demjenigen, was in der ersten Anstoß gegeben, eine andere Form zu finden, – es gelang mir nicht, und ich muß mich bei dem Bewußtsein beruhigen, daß ich vor Gott und vor dem Verstorbenen die Redlichkeit meiner Gesinnung und die gute Meinung, in der ich sie ausgesprochen, verantworten will.

cher Seite erinnert haben. Er hielt sich, ging, stand, saß, gebärdete sich wie ein feiner Hofmann; seine graziöse Haltung blieb stets unverändert, und auch wenn er berauscht war, wenn er tobte, fiel er nie aus dem Maße äußerer Schicklichkeit. Er wußte viel und mancherlei, nicht nur, daß er, wenn er einmal ins Arbeiten kam, ein ganz tüchtiger Rat an fürstlicher Kammer sein konnte, trieb er auch Naturwissenschaften in vielfacher Richtung und hielt namentlich die vom Vater angelegten Sammlungen jeder Gattung in bester scientivischer Ordnung. Das Münzkabinett hatte er gleichfalls in seinem Verschluß und wußte genügende historische Auskunft zu geben. Die Poesie, der abhold zu scheinen bisweilen seine Laune war, liebte mein armer Freund ebenso innig, wie er ihr aufs innigste vertraut war. Neben Goethe stand ihm *Schiller*, – ja, vielleicht *über* jenem! Wehe demjenigen, der sich in Goethe's Hause[13] beikommen lassen wollte, den Lebenden auf Kosten des Toten zu erheben.

Dabei war August in ihm selbst und für sich ein Dichter. Ja, er würde es auch für andere geworden sein, wenn er die Fähigkeit besessen hätte, das Mechanische des Metrums zu beherrschen. Er wußte seinen Gedanken und Gefühlen selten eine entsprechende Form zu geben, und wenn er Verse irgend eines ihm teuren Dichters citierte, mahnte er mich an Jean Paul, der auch niemals im stände ist, einen Vers anzuführen, ohne gegen den Rhythmus zu sündigen. Nichtsdestoweniger sind einige seiner kleinen Gedichte sehr lieblich, wenn schon immer wunderlich.

Nie habe ich einen Freund gehabt, der so sichtlich und so zur Freude des Beschauers Ordnung und Sauberkeit in allem, was ihn umgab, in Papieren, Briefsammlungen, Kunstschätzen zu halten wußte. Während Vettern und Basen ihn für einen unordentlichen, liederlichen Menschen ausschrien, war in seinen Gemächern eine wahrhaft strahlende Reinlichkeit, über jeden Schrank und Kasten der wohlthuende Friede heimatlichen und behaglichen Sinnes ver-

---

[13] Dasselbe gilt auch vom alten Goethe. Seine Pietät für Schiller war eine so innerlich tiefe, daß man davon wahrhaft ergriffen werden mußte. Ich hatte, als über »Egmont« gesprochen wurde, einst die Bearbeitung, die Schiller fürs Theater unternommen, zu tadeln gewagt und mein Erstaunen geäußert, daß sie noch immer auf der Weimarischen Bühne gelte. Den Blick des Alten werde ich nie vergessen, mit dem er mich anblitzte und fast grimmig sagte: »Was wißt Ihr, Kinder! Das hat unser großer Freund besser verstanden, als wir!«

breitet. Mit seiner Familie bewohnte August das zweite Stockwerk des väterlichen Hauses, auf deutsch gesagt: Dachstuben. Der Alte hatte mit Beziehung auf die kajütenartige Benützung aller, auch der kleinsten Räume und den Glanz gutgepflegter Ausschmückung einmal nach einer oben besuchten Abendgesellschaft geäußert: »Nun, in Eurem *Schiffchen* war es ja gestern ganz brav.« Seitdem hieß Augusts Appartement kurzweg: das Schiff. Ach, welche schöne Nachtstunden haben wir in diesem Schiffe durchlebt! Wie viel gelacht! Wie ernst und erschöpfend über manches geredet! August war voll Humor und ging auf alles ein, was dahin schlug, besaß ein seltenes Geschick, das Ergötzliche und Possierliche aufzufinden, wenn erst die Rinde um sein krankes Herz geschmolzen war. Er hat es mir gesagt, er hat es mir geschrieben, seine Nächsten haben es mir berichtet, und der gebeugte Vater hat es mir dann nach des Sohnes Tode bestätigt, daß im Umgang mit mir die finstern Dämonen, denen er unterlag, gewichen sind, und daß er am frühesten war, wenn ich mich in Weimar befand, daß er in den Briefen an mich sein Innerstes aufschließen mochte. Leider kann ich von diesen Briefen wenig oder nichts mitteilen. Der Alte drückte sich gegen mich über jene Briefe, die er trotz ihrer fast *unglaublichen* Tollheit und cynischen Raserei sämtlich gelesen, mit den Worten aus: »Nun, Ihr evakuiert Euch denn recht gehörig!« Aber mitten durch die lustigsten Briefe, durch die jubelndsten Gespräche zuckten fortdauernd Blitze des Unmuts, des Verzweifelns an sich selbst, des Lebensüberdrusses, die den traurigen Zustand des Unseligen beleuchteten. Nach meinen Beobachtungen, – begreiflicherweise nicht bloß auf den diesmaligen, in diesen Zeilen geschilderten Umgang, sondern auch auf späteres, wiederholtes Zusammentreffen sich gründend, – haben *drei* feindliche Mächte sich vereinigt, diese sonst so hoch begabte Persönlichkeit zu zerstören.

Zuerst der Hang zum übertriebenen Genuß des Weines. Unleugbar ist dieser gesteigert worden durch das traurige Bedürfnis, sich in erkünstelter Anspannung über den Druck der Gegenwart und eines lästigen Daseins zu erheben. Aber auch körperliche Anlage trieb ihn zum Trinken. In Volkes Mund lebt das bezeichnende Wort: »Er hat eine zu große Leber!« Bei Augusts Leichensektion haben die Ärzte erklärt, seine Leber sei um *fünfmal* größer, als die eines gesunden Menschen. Es war nicht anders möglich, dieses unwiderstehliche Bedürfnis, oft am frühen Morgen schon massenweise Wein zu trinken, konnte nur krankhaft sein.

Worin bestand denn nun aber der Jammer, der Gram, den er vertrinken wollte? Ich habe es schon gesagt, ihn drückte es nieder, Goethe's Sohn zu sein. Doch nicht nur im Vergleich mit dem Ruhme des einzigen fühlte er, der Ruhmlose, sich gedrückt; auch die Liebe des Vaters, die zur Tyrannei wurde, hatte ihn gebeugt. Ein Bürgermädchen, von ihm mit der Feuerglut des Jünglings geliebt, mußte ihm entsagen, und er ihr, weil dies Bündnis dem Geheimrat, der seinem Sohne eine Stellung in der Gesellschaft hinterlassen und diese durch die Verbindung mit einem alten Geschlechte befestigen wollte, zu gering schien. Als Minister, als Mann im Staate, ja als Vater, nach den herkömmlichen Begriffen von Leben und Welt, hatte Goethe gewiß vollkommen recht, handelte er gewiß aus voller anerkannter Überzeugung. Nur verstand das arme, geliebte Mädchen die Sache nicht von diesem richtigen Gesichtspunkte aufzufassen und machte, so sagt man in Weimar, ihrem Leben ein Ende. Welchen Einfluß mag dies Ereignis, dessen tragische Einzelheiten, wie sie mir vielfach erzählt wurden, ich nicht aufzuführen wage, aus Furcht, leere Klatschereien nachzusagen, welchen Einfluß mag dies auf den Zurückgebliebenen und auf sein später geschlossenes Eheband gehabt haben? Den Hauptschlag aber, das weiß ich aus seinem eigenen Munde, der es mir nie mit klaren Worten und dennoch verständlich kund gethan, hat ihm ein anderes Machtwort des Vaters gegeben. Als im Frühling 1813 das deutsche Vaterland sich erhob, als Karl August, stets edel und deutsch gesinnt, auch seine Weimaraner zu den Waffen rief, da wollte sich auch August in die Reihen der Freiwilligen stellen, – doch die väterliche Gewalt hielt ihn zurück. Damals hatte Goethe noch keine Enkel. Der Gedanke, den einen, der seinen Namen führen und fortpflanzen solle, durch eine feindliche Kugel verlieren zu können, sagt man, wäre ihm unerträglich gewesen, und er habe Himmel und Erde in Bewegung gesetzt, um den höheren Befehl zu erlangen, der den Kampflustigen zurück *zwang*. Als nun nach glorreichen Thaten die Sieger von ihrem Fürsten geführt heimkehrten, als Eltern, Schwestern und Kinder sie jubelnd empfingen, da zog auch unser August ihnen entgegen, – und er mußte, wo er begrüßen wollte, Äußerungen des Hohnes, des Spottes hören. Nun, wem da nicht das Herz bricht, wer da nicht verzweifeln will! – Und so bereitete sich denn in ihm nach allen Kämpfen und Krämpfen eine verbissene Wut, ein bohrender Groll, ein unmächtiger Trotz gegen die Verhältnisse, gegen sein Geschick, ja gegen sein *Glück* vor, und um dieser, – *contenance* der Verzweiflung, daß ich es so nenne, – eine Farbe zu geben, warf er sich mit kindischer Vorliebe auf – – – die Vergötterung Napoleons! Hinter diese bemühte er sich die Schmach zu verbergen, die des Vaters verletzende Fürsorge ihm bereitet. Deshalb hingen seine Wände voll von allen Abbildungen des Kaisers zu Fuß und zu Pferde, von Abbildungen seiner Hüte und Waffen; deshalb war jedes Petschaft, jedes Flacon, jede Bronze ein Napoleon; deshalb spielte er mit dem glühendsten Napoleonismus und wähnte in diesen Spielereien Trost zu finden. Als nun aber der Vater, wohl einsehend, wie sein Sohn dazu gekommen, und zufrieden über diese beschwichtigende Richtung ihm gar jene Dekoration der Ehrenlegion, die er selbst aus Napoleons Händen einst empfangen, zum Geschenk machte, da sprang die letzte Schraube, und nun war kein Halten mehr.[14] Es wird dem Leser nicht unwichtig sein, hier die Strophen eingeschaltet zu finden, mit welchen August dies für ihn so wichtige Geschenk besang.

Traum.

Des Tages Last entließ die müden Glieder,
Und sanfter Schlummer fand sich freundlich ein;
Ein Traumesmeer es wogte auf und nieder,
In mir erschien ein alt' und neues Sein.
Harmonisch hört' ich Kriegs- und Siegeslieder,
Es schien, als war' die ganze Erde mein.
Doch anders war's: es kam die mächtigste Gestalt
Und fesselte auch mich mit ihrer Allgewalt.

---

[14] Wie weit Augusts Manie ging, mag man aus folgendem ermessen. Es wurde in Weimar, ich glaube 1829, ein Liederspiel von mir »Erinnerung« aufgeführt, worin ein Soldat von der alten Garde als blinder Bettler erscheint. Sobald dieser (Genast) die Bühne betrat und August die zerrissene Uniform erblickte, soll er, wie man mir erzählt, wütend aufgesprungen sein und die Loge verlassen haben. Er zürnte ernsthaft mit mir, ja er trat seine Reise nach Italien an, ohne mir auf meinen letzten Brief zu antworten; und erst kurz vor seinem Tode gab er von Rom ein Zeichen der Versöhnung.

Und mit Verehrung heben sich zu ihm die Augen
Der Glorie zu, die mächtig ihn umstrahlt.
Ach könnt' ich aus dem Blick Gedanken saugen,
Auf ewig war' ich dann so kühn verstahlt!
Ich lausche auf und fühl' ein sanftes Hauchen,
Wie Rosenduft am Horizont sich malt.
Vernehmend nun des großen Kaisers Worte,
Bleib' ich erstaunt, verehrend still am Orte.

»Du hast an mich geglaubt, an mir gehangen,
Als mich die Welt gehaßt, verwünscht, verflucht.
Und als man mich zuletzt sogar gefangen,
Hat Dein Gedanke stets mich aufgesucht.
Und jede Schandthat, die man frech an mir begangen,
Schien Dir so ungerecht, als auch verrucht.
Des Zweifels Pforten hast Du nie betreten,
Ich hörte Dich sogar für mich oft beten.«

»So nimm von mir der Anerkennung Zeichen,
Das manchem schon die treue Brust geziert.
Du hast's verdient durch Nimmer-Weichen
Vom Großen, wenn es auch den Schein verliert.
Nichts konnte Deine Liebe zu mir beugen,
Das hat mich innig, hat mich oft gerührt.
So trage dies von mir zum Angedenken.
Es ist das Größte, was ich Dir kann schenken.«

Als er mir dies wundersame Gedicht vorlas, war mir's, als wollte
er in Andacht verschwimmen. Mir wurde ganz Angst dabei. – Neben dieser Schwärmerei für Napoleon zog der Wunsch, Weimar,
seine amtliche Stellung, sein Haus verlassen und eine große Reise
antreten zu dürfen. Hundertmal war dazu gerüstet worden; immer
ging es wieder, wahrscheinlich doch durch des Alten Gegenrede,
zurück. In diesem lag von je die bange Ahnung, daß er den Sohn,
wenn er einmal in der weiten Welt sei, nicht wiedersehen werde.
Ich gebe hier das nach meinem Gefühl interessanteste Gedicht Augusts, welches offenbar von ihm niedergeschrieben ist in der Hoffnung, recht bald abreisen zu dürfen:

Ich will nicht mehr am Gängelbande
Wie sonst geleitet sein,
Und lieber an des Abgrunds Rande
Von jeder Fessel mich befrei'n.

Und ist auch sich'rer Sturz bereitet,
Ich weiche nicht vom schmälsten Pfad,
Um Rechtthun mancher wird beneidet,
Und wohl ist dies die schönste That.

Zerriss'nes Herz ist nimmer herzustellen,
Sein Untergang ist sich'res Los,
Es gleicht von Sturm gepeitschten Wellen
Und sinkt zuletzt in Thetis Schoß.

Drum stürme fort in Deinem Schlagen,
Bis auch der letzte Schlag verschwand,
Ich geh' entgegen bessern Tagen,
Gelöst ist hier nun jedes Band.

Man glaube aber ja nicht, daß deshalb das Verhältnis zwischen
Vater und Sohn ein gespanntes gewesen sei. Dazu kam es nie. Ich
habe zu deutliche Beweise, daß August kein Geheimnis vor dem
Vater hatte. Der Alte selbst deutete mir nach Augusts Tode durch
vielfache Anspielungen an, wie er von all' und jedem unterrichtet
gewesen sei, wovon ich gemeint, es wäre zwischen uns zweien,
dem Verstorbenen und mir, geblieben. Diese kindliche Anhänglichkeit betreffend, bleibt mir die Nacht vor meiner Abreise von W.
unvergeßlich. Hofrat *Soret*, Erzieher des jetzigen Erbprinzen, hatte
in seiner freundlichen Gesinnung für mich alle meine Gönner zu
einem letzten Abendessen, was man die Henkersmahlzeit nennt,
zusammen gebeten. Als wir spät, eigentlich früh, auseinander gingen, begleiteten mich die Herren bis an das Elefantenthor, und es
wurde unter freiem Himmel bei Sternenlicht Abschied genommen.
Einer nach dem andern drückte mir die Hand, und nachdem ich die
Reihe durchgemacht, und der Haushälter die Thüre hinter mir geschlossen hatte, fiel mir erst auf, daß August spurlos verschwunden
war. Früh um 4 Uhr waren meine Pferde bestellt. Ich hatte noch
zwei Stunden Zeit zum Einpacken. Es mochte drei sein, als mit ge-

waltigen Schlägen an das Hausthor gepocht wurde. Mein Diener meinte, es kämen Reisende an. Eine Minute nachher stand August glühend von Wein und Aufregung vor mir und gab dem Diener ein Zeichen, uns zu verlassen. »Sie haben«, sprach er zu mir, »gewünscht, ich solle Ihre Aufträge an Ihre Freundin übernehmen, während Sie von W. abwesend sind, und haben es mir dabei zur Bedingung gemacht, gegen jedermann das tiefste Geheimnis zu bewahren; ich bin auf diese Bedingung stillschweigend eingegangen. Aber doch kann ich Sie nicht reisen lassen, ohne vorher zu fragen, ob unter ›jedermann‹ auch mein Vater mit einbegriffen ist?«

»Natürlich«, erwiderte ich, »der vor allen!« »Dann«, sagte August mit großer Entschiedenheit, »muß ich mein Versprechen zurücknehmen und darf Ihr Vertrauen nicht empfangen. Vor meinem Vater kann und darf ich kein Geheimnis haben. Seitdem ich reden kann, ist kein Tag vergangen, wo ich nicht, wenn wir an einem Orte lebten, jeden Morgen zu meinem Vater getreten bin und ihm alles erzählt habe, was mir am vorigen Tage begegnet, was ich gethan, was ich gedacht! *Mein Vater ist mein Beichtiger.* Sie wissen, wie lieb ich Sie habe. Über meinen Vater geht mir nichts.« Er umarmte mich, sagte Lebewohl und schied. An der Zimmerthür kehrte er noch einmal um, sah mich mit starren Augen lange durchdringend an und sprach: »Sie glaubten, ich wäre betrunken? *Ich bin's nie, wenn ich's nicht scheinen will!* Überhaupt, Ihr kennt mich alle nicht! Sie auch nicht! Ihr haltet mich für einen wilden, oberflächlichen Gesellen! Aber hier«, – und dabei schlug er sich mit der geballten Faust auf seine hochgewölbte Brust, daß diese dumpf und hohl wiederklang! – »hier ist es so tief! Wenn Sie einen Stein hinabwürfen, Sie könnten lange lauschen, bis Sie ihn fallen hörten.« Dann verließ er mich.

So schied ich denn im Anfang des April aus dem lieben Weimar, um einige Herzen reicher! Als wir die letzten Häuser der Stadt hinter uns hatten, sagte mein im Wagen neben mir sitzender Diener als echter Berliner Galgenstrick: »Das Weimar ist ein verflucht langweiliges Nest, hier möcht' ich nich jemalt hängen!« *Gemalt* hänge ich nun eben nicht dort, wohl aber liege ich *gezeichnet* in Weimar. Einmal in Goethe's großer Sammlung, für die er mich durch Herrn Professor *Schmeller* abkonterfeien ließ; das andere Mal in dem merkwürdigen Stammbuch der geist- und talentreichen Gräfin *Julie*

Egloffstein, welche mit Meisterhand die Physiognomieen aller Durchreisenden, die ihr dessen wert erschienen, aufs Papier zauberte. Es schmeichelte mir nicht wenig, daß auch mir dieses Glück zuteil wurde. [...]

Der 27. August, als Vorabend von Goethe's achtzigster Jahresfeier, fand mich in Weimar, wo ich gegen Abend mit meinem Freunde Hermann Franck einfuhr, und wo der Postillon, der die mutigen Pferde den Abhang vor der Stadt herunter kaum zu zügeln vermochte, uns fast unfähig für das Fest abgeliefert hätte. Franck war während dieser Gefahr sehr komisch. Bereits Wochen vorher, als wir den Zug nach dem Rom der Poeten und Litteraten verabredeten, behauptete er konsequent, sein Unstern werde ihm irgend ein Hindernis entgegenstellen und die Erfüllung des längstgehegten Wunsches, daß er Goethe's Angesicht schaue, in nichts auflösen. Und wenn wir wirklich nach Weimar kommen sollten, sagte Hermann, so wird Goethe krank sein oder stirbt gar bis dahin, und ich werde in Rom gewesen sein, ohne den Papst gesehen zu haben. Als wir uns der Stadt näherten, vorher aber in Leipzig schon erfahren hatten, daß der alte Herr munter und frisch sei, rief ich meinem Gefährten zu: »Na, jetzt wirst Du doch endlich daran glauben, daß Du *ihn* zu sehen bekommst?« In diesem Augenblicke rissen die Pferde aus, der Wagen drohte in den nicht niedrigen Graben zu stürzen, und Franck entgegnete mir sehr ruhig: »Durchaus nicht, denn wir werden den Hals brechen, ehe wir nach Weimar gelangen.« – Wer hätte damals den fürchterlichen Ernst vorher ahnen können, der einst des Scherzenden Dasein enden sollte!

Mit ganzen Gliedern trafen wir im alten, lieben Elefanten ein und wurden, während wir Toilette machten, von August Goethe begrüßt, der in voller Pracht, zierlichst uniformiert nach Hofe ging und im Vorübergehen bei mir einsprach, um mich im Namen des Papas zu letzterem zu laden, bei dem sich schon heute alle die Fremden und Gäste aus fernen Ländern und Zonen zur Vorfeier des morgenden Festes versammelten. Ein buntes Gewirr rauschte uns entgegen; der Alte empfing mich mit seinem urewigen: »Nun, das ist ja schön!« und mein teurer Hermann sah ihn nicht nur, nein, er pflog ein langes Gespräch mit ihm in Sachen »zur Morphologie« gehörig, von dem ich mich also gleich in bester Ordnung zurückzog, mich unter die schöne Damenwelt mischend, die durch ein wundersames Walten höherer Fügung, diesmal von englischen Heerscharen ziemlich frei, einen *polnischen* Kultus eingeführt hatte, welchem letzteren ich, der alte Polenfreund, mich lebhaft anschloß. Zwei polnische Dichter waren eingetroffen. Der eine » *Odieniecz*«, von dem ich weiter nichts mehr vernommen, der andere » *Mieckie-wicz*«, ein Mann, der später als Mystiker in Paris eine wunderliche Celebrität erlangt hat, der damals aber nur wie ein bleicher, interessanter, liebenswürdiger Schwärmer auftrat und bei Weimars schöner Welt so viel Beifall fand, als ob er aus England oder Schottland käme. Er gab an jenem 28. August schon ein Pröbchen seiner mystischen Richtung, dessen Gelingen ich freilich auf Rechnung eines heimlich durchgeführten geselligen Scherzes schieben wollte, mir aber doch dabei gestehen mußte, daß es mich in Erstaunen setzte. Er ließ nämlich unter den Frauen und Mädchen einen Teller umher kreisen, auf welchen jede und jedes nach Belieben einen Ring legen durfte, – doch mit der Bedingung, daß sie denselben schon seit mehreren Jahren trage, ohne ihn abzulegen. Nachdem nun eine Menge von Ringen durch- und übereinander gehäuft waren, ging Mieckiewicz in einen Winkel, beobachtete sie emsig und verteilte sie der Reihe nach an ihre ihm völlig unbekannten Besitzerinnen, wobei er noch den Taufnamen und ich glaube gar auch das Alter einer jeden erriet. Dabei war er bleich geworden wie der Tod und kalte Schweißtropfen standen auf seiner Stirn. Ich hielt, wie gesagt, erst das ganze für einen verabredeten Scherz, überzeugte mich aber dann, daß er es ernstlich gemeint hatte. Und jedesmal, wenn ich in französischen Blättern seinen Namen in Verbindung mit den unglaublichsten Märchen las, stand der bleiche Ringsucher aus Weimar vor mir.

Während das achtzigjährige Geburtstagskind sich zwölf hübsche Frauen und Mädchen zu seinem Festdiner eingeladen, versammelten wir Männer, Einheimische wie Fremde, uns im Hotel »zum Erbprinzen«, um dort zu seinen Ehren das unsere zu thun. Daß es an Liedern nicht fehlte, versteht sich von selbst. Auch ich trat in die Reihen der Festsänger (siehe in meinen Gedichten) und zog eben nicht den Kürzeren. Scherz und Rührung lösten sich an jener Tafel wechselnd ab; bei mir herrschte die letztere vor, jeder Klang aus der Sänger Munde bewegte mich zu Thränen, und um dieser lumpigen Stimmung zu entgehen, zwang ich mich zum Weintrinken, brachte es auch wirklich, – das erste und letzte Mal in meinem Leben! – auf zwei und eine halbe Flasche roten französischen Weines. Es ist mir unerklärlich, wie ich nach dieser unerhörten That noch im stände gewesen bin, nicht nur bei einem großen Balle zu erscheinen, sondern auch daselbst auf Verlangen der Damen mein Festlied zu wiederholen! Auch steht jener Abend nur teilweise vor meinem Angedenken. Ich sehe mich nach Beendigung des Liedes unsicheren Schrittes ein Nebenzimmer suchen, dort ein Ruhebett erreichen, – und dann fehlen mehrere Stunden aus meinem Leben. Um Mitternacht wurde ich unsanft erweckt und durch Hermann bedeutet, daß die Gesellschaft auseinandergehe, und daß es an der Zeit sei aufzubrechen. Auch besinne ich mich noch ganz deutlich, wie ich mich zu Bett legte, mit unsäglicher Angst, daß ich die nächtliche Ruhe meines Reisegefährten stören, oder im Zustande jammernder Katzen erwachen würde! Nichts davon! Der Teufel, der mich wahrscheinlich verlocken wollte, ein Säufer zu werden, ließ mich von jedem Unbehagen frei erwachen. Aber er hat seinen Zweck nicht erreicht. Von *dieser* Seite hat er keine Gewalt über mich gewonnen.

Hermann war genötigt, Weimar zeitig zu verlassen, ich blieb zurück, ein späteres Zusammentreffen mit ihm in Leipzig verabredend. Die zum Fest gehörige Aufführung des Goethe'schen *Faust* hatte manche Fremde zurückgehalten. Unter den Anwesenden ragte der berühmte Pariser Bildhauer *David* hervor, der bekanntlich gekommen war, Goethe's kolossale Büste zu formen. Ich war viel mit ihm zusammen. Wir fanden mancherlei Berührungs- und Anziehungspunkte. Am innigsten vereinigten wir uns in der Begeisterung für *Béranger*, und weil David einsah, daß die meinige für diesen großen Dichter auf wirklicher, nicht oberflächlicher Kenntnis seiner Chansons beruhe, so erfreute sich sein Künstlerherz an meinem Entzücken, und er versprach mir zum Lohne dafür ein von eigener Meisterhand vollendetes Bildnis jenes Sängers der Liebe, des Ruhmes und der Menschlichkeit zu schenken. Daß er dies Versprechen in Goethe's Hause beim frohen Mahle gab, das will nun eben nicht viel sagen: daß ich aber nach Verlauf eines Jahres, als ich's längst vergessen wähnte, seine Erfüllung erlebte, und daß ich durch einen Reisenden die schöne, wertvolle Gabe wirklich empfing, –nun, das mag für David's gutes Gedächtnis zeugen! *Mir* bezeugt es, daß er mich wirklich lieb gewonnen, und diese Überzeugung gewährte mir viel Vergnügen.

Die Aufführung des *Faust* anlangend, fand dieselbe in *acht* Akten und in einer seltsam gestellten Anordnung statt. Manches von dem, was ich in meiner (verschmähten) Bearbeitung weggelassen und weglassen zu *dürfen*, ja zu *müssen* gemeint, war stehen geblieben und machte, wie ich's vorausgesehen, auf den Brettern *keine* oder eine verfehlte Wirkung. Manches aber, was mir wichtig, ja unentbehrlich scheint, war gestrichen. So z.B. Faust's erstes Gespräch mit Wagner, welches seine Stellung zur gelehrten Welt bezeichnet; dann jene Worte des alten Bauers und was darauf folgt, wodurch sein Verhältnis als praktischer Arzt und die daraus entspringenden skeptischen Zweifel angedeutet werden sollen. Und dergleichen mehr! In den Liebesscenen war denn auch richtig das ewige Hin- und Hergelaufe, was jede Einheit theatralischer Sammlung zerreißt, unverändert verblieben. Kurz, es war halt eben nichts *gethan*, sondern nur gestrichen, und ich hatte den Mut, meine Kritik der Excellenz deutsch und ehrlich in den Bart zu werfen, auch nicht zu verschweigen, daß ich meine Umarbeitung für ungleich dramatischer, concentrierter, besser und wirksamer hielte, worauf denn ein: »Ihr junges Volk versteht es freilich viel besser!« doch sonder Groll und am Schlusse das obligate: »Nun, nun, das ist ja schön!« lächelnd erfolgte.

Die Abwesenheit der Schopenhauer, welche den Sommer am Rhein zubrachte und, wie sie mir vertraulich mitgeteilt, schon längst entschlossen war, Weimar mit einem anderen, für sie minder kostspieligen Aufenthaltsorte zu vertauschen, ward nun zur Veranlassung, daß ich die Abende, die sonst ihr gehört haben würden, mit August verlebte, welcher sich immer fester an mich hing und mich mit einem Zutrauen, mit einer oft stürmischen Freundschaft beschenkte, die mir bisweilen Angst einjagten. Der Tod tobte ihm schon in den Adern; seine Heiterkeit war wild und erzwungen, sein Ernst düster und schwer, seine Wehmut herzzerreißend. Dabei suchte er aber immer eine gewisse Feierlichkeit der Formen zu bewahren, die oft wie eine unbewußte Nachahmung des Vaters erschien und sich deshalb im Gegensatz zu sonstigem Thun und Treiben gespenstig ausnahm. Unvergeßlich bleibt mir der Abend, wo er mir die Brüderschaft antrug; ein Akt, den ich überhaupt nicht liebe, wenn er sich nicht, wie durch innere Notwendigkeit herbeigeführt, gleichsam von selbst ergiebt. Dies war bei uns nicht der Fall, wenigstens von meiner Seite nicht, denn ich konnte im Umgange mit ihm niemals vergessen lernen, daß er Goethe's Sohn sei, und unsere Vertraulichkeit behielt, was mich betraf, stets eine ergebene Zurückhaltung, die nur in brieflichen Eröffnungen rücksichtsloser Hingebung Raum gönnte. Deshalb drückte mich die Brüderschaft, das »Du« ging mir gewaltsam von den Lippen. [...] Ehe wir vom Jahre 1830 gänzlich Abschied nehmen, habe ich noch die traurige Verpflichtung, eines Briefes zu gedenken, der aus Weimar unterm 12. November von der Hand eines dem Goethe'schen Hause nahe befreundeten Mannes mir zukam.

»Mit Wehmut und kaum fähig, einen Gedanken zu fassen, ergreife ich die Feder, Ihnen unseres *August* Tod zu melden. Er starb am 28. Oktober früh 2 Uhr in Rom infolge eines im Kopfe gesprungenen Blutgefäßes, was sein Ende schnell, ja augenblicklich herbeiführte. Wir erhielten die Nachricht vorgestern durch den hannoverschen Gesandten, der ihn am 27. erst spät abends verlassen hatte, wo er schon das Zimmer hüten mußte, weil nach dem Urteil des Arztes ein Scharlachfieber im Ausbruch war. Sie können denken, welchen Eindruck diese Nachricht auf den zweiundachtzigjährigen Vater, auf die schwächliche Frau gemacht hat. Letztere läßt Sie, Ihrer innigsten Teilnahme versichert, freundlich grüßen. Der Vater hält sich äußerem Anscheine nach aufrecht. Es darf ihm niemand das Wort Tod aussprechen. Allein was in seinem Innern vorgeht, welche Folgen dieser Schlag auf seine Gesundheit im Laufe des Winters üben wird, darüber wagt niemand zur Zeit ein Urteil. August hatte sich nach allen brieflichen Mitteilungen, insbesondere seinem gediegenen Tagebuch, so außerordentlich wohl befunden, so herrliche Genüsse in sich aufgefaßt, daß wir uns alle, vor allem sein Vater, der Rückkehr freuten und die schöne Hoffnung hegten, Kunst und Altertum würden ihn mit dem gewöhnlichen Leben, welches ihm mannigfachen Ekel erregte, versöhnt haben, namentlich aber noch ein neues Band zwischen ihm und seinem großen Vater knüpfen. Dies alles ist nun dahin! Wir hatten brieflich verabredet, daß er über Frankfurt heimkehren und ich ihn dort abholen wollte, daß wir Sie in Darmstadt überraschen und einige Tage mit Ihnen verleben würden! Es hat nicht sein sollen.«

Ruhe sanft, mein armer, kranker Freund, unter Deiner Pyramide! [...] In Weimar wurde natürlich wieder Halt gemacht. Ich konnte mir's nicht versagen, Goethe nach dem Tode seines Sohnes zu sehen. Er hatte unterdessen eine Todeskrankheit durchgemacht und von dieser erstanden, an eine Freundin, die mir dies mitteilte, geschrieben: »Nach großem Verlust und drohender Lebensgefahr habe ich mich wieder auf die Füße gestellt.« In diesem Briefe sprach er sich ferner darüber aus, »wie die Natur des Menschen nach jeder großen Erschütterung im Innern auf irgend eine Weise das Gleichgewicht wieder herzustellen suche. Seine glücklich überstandene Krankheit sei die Folge davon gewesen. Jetzt wolle er also alles thun, um nach gewohnter Art auf dem Wege des Wissens und der Kunst fortzuschreiten. Dabei habe er auch von neuem die schwere Rolle des deutschen Hausvaters wieder aufzunehmen, wenngleich, wie er dankbar erkenne, unter den günstigsten äußeren Umständen«.

Alle diese bedeutenden, männlich festen Äußerungen paßten mir durchaus nicht zu den Warnungsstimmen, die mir in Weimar zuflüsterten, ich möchte, wenn ich zu ihm käme, nur um Gotteswillen nicht von *August* reden, das sei streng verpönt, er wolle den Tod und die Toten nicht erwähnen hören. Eine so feige Nachgiebigkeit wäre mir unmöglich gewesen, und um es kurz zu machen, fing ich gleich nach meinem Eintritt gerade mit dem verbotenen Gespräche an. Er aber ging nicht darauf ein. Er versuchte von anderen Dingen zu reden, und auch das gelang uns nicht. Ich empfand, daß ich jetzt, neben dem Vater sitzend, nur des Sohnes gedenken könne, und er zeigte deutlich genug, daß meine Gedanken ihm klar wären. Es kam keine Konversation zu stande. Nach zehn Minuten empfahl ich mich, und er entließ mich: »Auf Wiedersehen!« Aber ich sah ihn nicht wieder. Wir wurden zur Tafel geladen, stellten uns ein, und – Goethe speiste auf *seinem Zimmer*. Er wollte den Menschen vermeiden, der es nicht über sich gewinnen konnte, ihn zu schonen.

Über tredition

Eigenes Buch veröffentlichen

tredition wurde 2006 in Hamburg gegründet und hat seither mehrere tausend Buchtitel veröffentlicht. Autoren veröffentlichen in wenigen leichten Schritten gedruckte Bücher, e-Books und audio-Books. tredition hat das Ziel, die beste und fairste Veröffentlichungsmöglichkeit für Autoren zu bieten.

tredition wurde mit der Erkenntnis gegründet, dass nur etwa jedes 200. bei Verlagen eingereichte Manuskript veröffentlicht wird. Dabei hat jedes Buch seinen Markt, also seine Leser. tredition sorgt dafür, dass für jedes Buch die Leserschaft auch erreicht wird.

Im einzigartigen Literatur-Netzwerk von tredition bieten zahlreiche Literatur-Partner (das sind Lektoren, Übersetzer, Hörbuchsprecher und Illustratoren) ihre Dienstleistung an, um Manuskripte zu verbessern oder die Vielfalt zu erhöhen. Autoren vereinbaren direkt mit den Literatur-Partnern die Konditionen ihrer Zusammenarbeit und partizipieren gemeinsam am Erfolg des Buches.

Das gesamte Verlagsprogramm von tredition ist bei allen stationären Buchhandlungen und Online-Buchhändlern wie z. B. Amazon erhältlich. e-Books stehen bei den führenden Online-Portalen (z. B. iBookstore von Apple oder Kindle von Amazon) zum Verkauf.

Einfach leicht ein Buch veröffentlichen: **www.tredition.de**

Eigene Buchreihe oder eigenen Verlag gründen

Seit 2009 bietet tredition sein Verlagskonzept auch als sogenanntes "White-Label" an. Das bedeutet, dass andere Unternehmen, Institutionen und Personen risikofrei und unkompliziert selbst zum Herausgeber von Büchern und Buchreihen unter eigener Marke werden können. tredition übernimmt dabei das komplette Herstellungs- und Distributionsrisiko.

Zahlreiche Zeitschriften-, Zeitungs- und Buchverlage, Universitäten, Forschungseinrichtungen u.v.m. nutzen diese Dienstleistung von tredition, um unter eigener Marke ohne Risiko Bücher zu verlegen.

Alle Informationen im Internet: **www.tredition.de/fuer-verlage**

tredition wurde mit mehreren Innovationspreisen ausgezeichnet, u. a. mit dem Webfuture Award und dem Innovationspreis der Buch Digitale.

tredition ist Mitglied im Börsenverein des Deutschen Buchhandels.

Dieses Werk elektronisch lesen

Dieses Werk ist Teil der Gutenberg-DE Edition DVD. Diese enthält das komplette Archiv des Projekt Gutenberg-DE. Die DVD ist im Internet erhältlich auf **http://gutenbergshop.abc.de**